U0931743

深夜綠文の偷情的禮儀

Midnight Betrayal

莎比亞 著

目錄

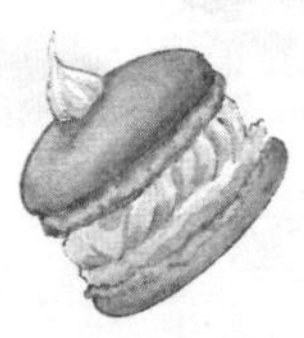

【第一章】

從浪漫之都回來

「我受夠了！」

殷致寶踏出機場，左右手各自推著行李箱，以厭棄的眼神望著邊走邊按手機的丈夫范延浚，心想：*「我一定要跟這個沉悶的男人離婚。」*

延浚回頭跟致寶說：「客戶突然找我，行李重嗎？真的辛苦妳了！司機應該就在前方，我跟著妳走吧。」

沒等致寶回覆，延浚便按下接聽鍵，開始跟客戶商討公事。

凌晨時分，候車的人依然很多，幸好延浚早就預約了車子接送。

站在他們旁邊有幾個家庭同樣在等車，聊天聲吵得延浚要走到較寧靜的一角繼續講話：「陸先生，你放心，明早我一定可以完成計劃書，這個項目如此重要，這個星期我雖然去了法國旅行，但每天都與同事視訊跟進情況，確保一切順利。」

致寶望著手機上一張在巴黎鐵塔前的合照，回想著獨遊般的旅程。

「若然有哪個人身處巴黎，卻無法感受半點浪漫，那就是旁邊有個無聊丈夫，以及擁有一段乏味婚姻的我了。」

遊歷於浪漫之都，也無法襯托踏入第七年的婚姻。

「這能接受嗎？這就是我們夫妻的命運？為甚麼我要承受這種失去樂趣的人生？」

延浚突然回來，並指著前方一輛私家車說：「車到了！快點！妳先上車吧，行李由我來拿。」

隨後，延浚一邊通話，一邊將兩個行李箱放到車尾箱。

車子開動，致寶靠著車窗閉目養神，延浚從旁邊傳來的聲線愈來愈微弱，數分鐘後，累透的致寶已聽不到丈夫與客戶的對話，徹底地睡著了。

直至下車，延浚仍未掛線。

「……」致寶揉著惺忪的眼睛，打了個呵欠。

兩人回到家後，延浚脫下手腕上的名牌手錶，放到錶櫃裡，自滿地欣賞著眼前的收藏品。

致寶本來想從行李箱內拿出護膚品，卻一臉愕然。

「你拿錯了！」

大概是延浚剛才趕著上車，在人群中取錯屬於他人的行李箱。

「怎麼會！」延浚關上錶櫃，走過來望了一眼後再說：「嘖！黑色行李箱幾乎都一樣，也不能怪我。」

幸好行李箱安裝了定位裝置，致寶立刻善後，查到他們的行李箱仍在剛才的位置。至於他們取錯的行李箱上掛有名牌及聯絡方法。

「我立即去取回來。」延浚以命令的口吻，指著不知屬於誰的行李箱：「妳就留在家裡處理這個吧。」

「嗯，你路上小心。」致寶慣性地叮囑延浚：「別因為深夜人少便開快車。」

延浚離家後，走到停車場，在兩輛車子前停下腳步，一輛是五座位的私家車，另一輛則是兩座位的跑車，都是由延浚所擁有的。

「難得自由，就選妳吧。」延浚打開跑車車門，享受著開篷駕駛的快感，不用半小時便回到機場，順利地取回行李箱，卻發現尺寸太大，只能放在副駕駛座位。

回程時等候紅綠燈期間，延浚心想：「真不明白為甚麼致寶會討厭坐上這輛跑車。」

綠燈亮起，延浚踩盡油門。

至於家裡的致寶，正跟電話裡的女人道歉：「不好意思，拿錯了妳的行李，我現在叫丈夫送回給妳好嗎？」

被拿錯行李的是一家三口，那女人罵了幾句便說：「幸好沒甚麼貴重東西，小孩剛剛睡著了我不想吵醒他，明天妳再送過來吧。」

「好的好的，沒問題，再次對不起。」致寶記下了對方的地址。

延浚回到停車場後，收到致寶的訊息：「跟對方聯絡了，明天才將行李送回去，不用心急，路上小心。」

延浚回應了一句：「好，妳累了就睡吧，不用等我回來。」然後把行李箱放到五人車上，再次回到保時捷裡，啟動了引擎，駛到附近的海邊時，收到了一則訊息。。

【你老婆睡了嗎？很久沒跟你聊天了，要不要出來喝杯酒？】

延浚思考著怎麼回覆這則訊息。

【不了，今晚還要工作，但最近壓力很大，能否致電妳傾訴幾句？】

電話隨即響起，延浚甜笑著按下了接聽鍵。

另一邊廂，致寶未有進睡，反而在廚房揉起麵粉，笑著對粉團說：「道歉也該附上一點心意。」

親手製作麵包，算是致寶減壓的方法。無論心情有多糟糕，只要在早上吃到香氣滿滿的新鮮麵包就會愉快起來。

延浚打開大門，看到致寶在做麵包，輕輕說了一句：「妳怎麼還未睡？」

致寶：「放心，我不是等你。對了，明天由我來歸還行李吧。」

延浚：「我本來都這樣安排，明早我要開會，沒空再理會這些小事，浪費我的時間，現在還得趕計劃書。」

致寶：「嗯，你加油，留一個麵包給你做早餐，很好味的，要不要試一口？」

延浚：「不用了，我怕肚子痛，等妳再做得好點才值得放進我的嘴巴裡。」

致寶關上了廚房門，啟動了最新型號的麵包機，如同延浚開動保時捷引擎般滿足。

一門之隔，兩心的距離卻有萬丈之遠。

誰也沒有再回憶起剛搬進來時，那份二人世界的溫馨氛圍。

致寶望著手機，內心仍為著好閨蜜許嵐十分鐘前傳來的訊息而興奮。

【殷致寶！我們的夢想要實現了！】

深夜裡的這則訊息，足以讓致寶忘卻人生的迷惘，同時也為她的婚姻帶來危機……

翌日，延浚醒來時脫下眼罩及耳塞，比鬧鐘早十五分鐘起床。雖然只睡了兩個小時，但對於習慣通宵達旦工作的他來說，神情依然充滿拼勁。

他跨過仍在熟睡的致寶，望到她像豬一樣的睡姿時，禁不住搖一搖頭，便走到洗手間梳洗。

致寶睜開了雙眼，表情鬼馬，裝著口形說出延浚準備大喊的一句話——

「喂！說了多少遍，不要把牙膏滴到洗手盤上，很嘔心！」延浚不滿地說，並把牙膏漬抹走，但致寶裝睡沒有回應。她生活裡的其中一樣樂趣，就是悄悄地做出一些會令延浚難受的瑣事。

延浚穿上西裝、戴好今天所選的愛彼錶後，在致寶的額上吻了一口。對他來說，這只是早上出門前的一個步驟。

離家後，延浚致電助理：「我正在回來途中，替我買一杯黑咖啡，還有經過便利店時買個麵包，甚麼款式也沒所謂。」

白色的保時捷，又再度駛離停車場。

從床上起來後，致寶到廚房檢查麵包的情況，對味道及品質都很滿意，便放進袋子裡。

致寶伸了個懶腰，坐到梳化上，致電許嵐，待電話接通後，立即說著：「Dr. Hui！昨天的訊息是認真吧？要是說笑的話，我不放過妳呀！」

許嵐：「早晨，范太太，生活太悠閒是吧？一大清早便阻人睡覺！」

致寶：「妳也該起床吧，快點回答我，妳知道我有多期待！」

許嵐：「我有個客人要移民了，店舖正在找人頂讓，設備齊全，妳有興趣就一起去看看吧。」

致寶：「就今天下午吧，拜託妳別說沒有空。」

許嵐：「妳真性急，如果你們夫妻間的性生活同樣熱情，婚姻應該美滿得多。我看看今天的行程，等等。」

身處酒店房的許嵐，推開了旁邊的男伴，查看過今天的工作安排後，回覆著：「我中午去電台完成訪問後，到出版社開會，還要見一對夫妻，然後晚上有約……好吧，五時到七時有空，妳可以嗎？」

致寶一語中的：「晚上有約……又約了炮友吧。」

許嵐輕聲回答：「只怪現在身旁的表現太差了。」

致寶：「跟妳約好，五時在我家樓下等。」

許嵐：「喂，殷致寶，晚上要不要加入我們？我會守秘密的。」

致寶：「沒心情跟妳説笑，拜拜！」

掛線後，許嵐旁邊的男伴原來早已醒了，問道：「妳是説我的表現太差嗎？」

「比我的手指更差。」許嵐笑著回答後：「你等一下自己退房吧，我有事先走。」

「我可以再聯絡妳嗎？」男伴問，即使被侮辱，但能夠跟這位城中名人發生關係，始終是件值得自滿的事。

許嵐在仍然赤裸的他面前，封鎖及刪除了他的對話：「最多跟你説個秘密，其實我……」

男伴聽後，一臉愕然，也不再強行留住許嵐。

辦公室裡，延浚一邊修改著同事所做的計劃書，一邊吃著從便利店買回來的麵包，跟助理埋怨著。

「這個麵包值多少錢？就當十元吧。十元就買到的東西，為甚麼要花一個晚上去做呢？真的太浪費人生了，難道我努力工作就是為了讓她遊手好閒嗎？為甚麼不找點正經的事做？學投資好、去做運動也好……時間就應該用來換錢，然後再用錢換時間，今晚回家後真的要罵一罵她，你説對不對！」

「……」這位新入職的助理聽著延浚自言自語，一直點頭，

神情無奈。

另一邊廂，致寶在家裡閱讀著烘培書籍，讚嘆書上的甜點，還想動手做起來。

她望了望時鐘，計算過還有三小時才出門歸還行李箱，便再走到廚房，集合所需材料：曲奇脆皮、牛油、糖、低筋麵粉、可可粉……然後撞粉、搓麵團、攪拌、唧出圓形……經過一些步驟後，她啟動焗爐，望著裡頭的「小生命」逐漸成形時，一臉愉悅。

巧克力麻糬波波，完成！

衣著簡約又不失時尚的致寶，在寒冷的街道上等待著時，心想：「***拜託別罵得太兇，錯的人是我丈夫啊……***」

迎面而來的是位牽著兒子的女人，盯著屬於他們的行李箱。致寶隨即熱情又抱歉的説著開場白：「妳好！昨晚跟我通話的，應該就是妳吧？兒子很可愛呀。對了，該把它還給妳！這個牌子頗好用，哈哈！真的不好意思！」

就算女人本來有多生氣，面對著一臉笑容的致寶也只能回應一句：「不要緊。」

「這是我的心意，希望妳收下吧。」致寶遞上了一袋麵包及麻糬波波：「我親手做的。」

女人猶豫著應否收下，但小孩嗅到香氣，拉一拉女人的手：「我想吃。」

「要是妳們不放心，我先吃給妳看！」致寶說畢，將一粒麻糬波波放進口裡，然後蹲在小孩面前，小孩接過袋子。

「那謝謝妳了。」女人拉著小孩離開，致寶像完成了任務，望著母子的背影，鬆了口氣。

致寶走到附近的超級市場逛了一會，竟收到剛才那對母子傳來的訊息：【麵包很好吃，謝謝妳。妳有在開麵包店嗎？位置在哪，我想來買。】

【哈哈，暫時還沒有，開店的話第一時間通知妳。】難得有人欣賞，真好，致寶笑著從貨物架上取下一包麵粉後，望望手機上的時間，下午四時多了，要趕回家。

此刻，許嵐在診所裡，正以專業的口吻總結著一對夫妻的問題：「放鬆點吧，妳丈夫並非生理上的不舉，只是太緊張而軟掉，妳可以多鼓勵他，比起激情，你們更需要營造一個舒適自在的氣氛。今天會面到此為止吧，有需要的話下次再約。」

「謝謝妳，許醫師，之前我也不太相信甚麼性心理咨詢師，但妳的確令我放心許多，我回去後會多看妳的影片學習。」

妻子拉著丈夫離開後，許嵐執拾一下物品，便拿著車匙，關好燈，鎖好門，離開診所。

五時正，致寶已站在家樓下。

馬路上，一輛紅色的摩托車駛到致寶面前。許嵐脫下頭盔，梳理一下微捲的短髮：「沒遲到，剛剛好。」

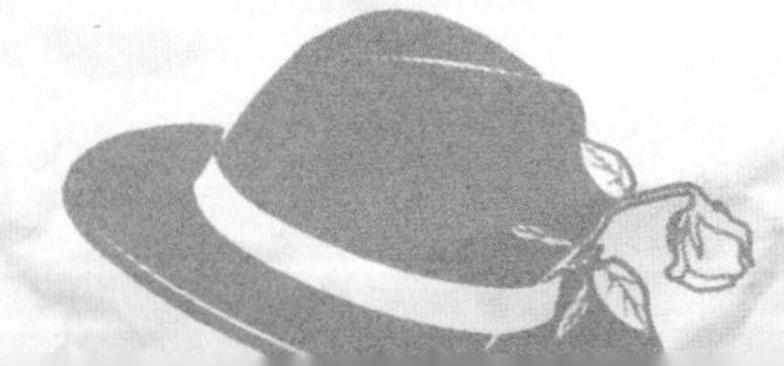

致寶有默契地拿起了頭盔，戴上前叮囑許嵐：「別開太快，妳知道我怕。」

「明明妳都坐過這麼多次⋯⋯」

這輛杜卡迪的速度令致寶緊抱著許嵐的腰間，害怕得要閉上眼，但躺在閨蜜背上的感覺倒是頗溫馨。

兩人抵達一棟工廈，許嵐跟管理員點點頭，管理員便開門給她，致寶也跟著微笑點頭。

許嵐：「單位在八樓。」

致寶：「喔？業主呢？」

許嵐：「已經跟他交待好，我們自己上去就可以了。」

致寶：「好緊張⋯⋯只要有六十分滿意，我也會接手。」

許嵐：「跟妳的老公一樣嗎？」

致寶：「他本來有八十分的。」

許嵐：「妳是說八公分吧。」

許嵐打開單位的大門，裡面有各式各樣的烘焙機器及用具，就連傢俱都齊全，牆上還掛著上一手的招牌「藍調烘培教室」。

「簡直是一百分⋯⋯」致寶參觀著單位各處：「這個焗爐是最新款！專業用的果然跟我家的不一樣！」

「妳老公應該要看看妳現在的表情，就像挑選新婚時的新居一樣高興。」許嵐走到了致寶旁邊，摟著她的腰說笑：「老婆，覺得怎樣？喜歡的話我就整棟大廈都買下來給妳。」

「我想起了小時候。」致寶靠在許嵐的肩膀上，腦海泛起回憶。

致寶第一次遇見許嵐時，許嵐身穿同款的小學校裙，站在致寶父親經營的麵包店門口，猶豫著該不該花手上的幾塊錢買麵包充飢。致寶認得許嵐是鄰班的同學，便趁著父親不為意，把幾個麵包袋進袋子，走到許嵐面前：「請妳吃！」

許嵐遞上手裡的幾塊錢，但致寶拒絕收下：「真的不用！反正賣剩也得扔掉，趁現在剛剛焗好快點吃吧！我們一起吃好嗎？」

許嵐點點頭，兩人坐在店外的一角，致寶自我介紹：「我叫殷致寶。」

「我叫許嵐。」許嵐再在致寶的耳邊說：「跟妳說一個秘密，其實我……」

二十多年後，致寶和許嵐依然像小時候般互相靠著，哈哈大笑。

致寶裝起當年的驚訝表情：「還是只有我知道妳其實是生存了九百九十九年的九尾狐嗎？」

「現在有幾個前度也知道了。」許嵐得戚地笑。

「妳真的要跟我合資嗎？」致寶：「我也只是邊學邊做，賺不到錢的。妳工作那麼忙，真的要額外花心神經營烘焙教室嗎？真的是由零開始呢……」

許嵐：「當了人類九百九十九年，錢都賺夠了，也是時候實現一下我們的夢想吧。」

致寶：「我們的夢想？」

許嵐：「妳爸爸離世前也把我當作半個女兒，當年還請我媽在麵包店打工養活我，雖然我後來修讀心理咨詢，但也有過開設烘培店的想法喔。」

致寶：「那麼……我們約業主簽合約吧！」

「其實我還有一個秘密……」許嵐從手袋取出一份文件：「我就知道妳會喜歡，這間烘焙教室本來就很有名，位置又好，所以很搶手，我早已下訂金了，這裡已經是我們的了！」

致寶緊擁著許嵐：「謝謝老公！」但興奮幾秒後，她開始擔心：「要重新裝修吧？改甚麼名呢？糟了……要到哪裡請烘焙師傅？」

許嵐拿出手機，向致寶展示著一位男子的照片：「妳知道這個人嗎？聽說在烘焙界很有名的，而他……欠我人情。」

細心的許嵐像是早已計劃好一切。

許嵐又再騎著紅色的杜卡迪疾駛到一間酒店。

她不忌諱、充滿自信地走著，任由別人打量及注視，某些房客認出了她，更不用說酒店職員，幾乎每隔幾天都見到她攜著不同伴侶上房，早已見怪不怪。

等候電梯期間，許嵐查看著她最新發佈的影片「重新掌握的性魅力」，留言有人讚她夠真，但也有不少劣評罵她主張偷情，然而許嵐對所有留言都一笑置之。

一名打扮低調的女人跟隨許嵐走進電梯，突然開口跟許嵐說話：「妳……是許博士嗎？真的是妳耶！我很愛看妳的影片，還有訂閱做會員！謝謝妳鼓勵我們偷情，讓我和其他已婚女人有同感，啟發更多生活苦困的女人，加油！」

許嵐本來不想回應，但想了一想，微笑說：「妳喜歡吃甜品嗎？遲一些我會舉辦小型活動，歡迎參加。」

「哪有女人不愛吃甜品！到時我一定支持！謝謝許博士，我到了！」女人步出電梯後，猛然回頭問：「哎，可以跟妳拍照嗎？雖然我也是瞞著老公來酒店……」

許嵐大方示意：「拍吧，妳喜歡就好，沒甚麼要怕。」

跟支持者合照後，許嵐來到了房門口，推開房門，裡面不只一位男伴，而是一對夫妻。許嵐洗好澡後，便與他們擁吻起來。

早已回到家的致寶，右手拿著一本烘培書、左手拿著手機，口中唸著一個新名字，一位新人物：「任晞宇……」

正正是致寶手上書本《也許你該吃甜點》的作者。

而手機顯示著任晞宇的一篇訪問，標題「人物專訪：烘培界的畢加索」，照片裡的他年青有為、英俊正氣、半長髮更突顯他才華洋溢的藝術家氣質。

「怎麼許嵐會認識他，欠人情又是怎麼一回事！」

致寶一頭霧水，但正在跟夫妻親熱著的許嵐根本無法回答她。

致寶還未來得及細閱那篇專訪，延浚便回到家。

「今天不用加班喔？」致寶留意到現在只是七時多，比平常早了很多。

「只有打工的人才叫加班，要當一位成功的老闆，全副心神都屬於工作，沒有下班，也沒有加班。」延浚一臉喜悅，走到酒櫃取出一支紅酒：「但今天我要跟老婆慶祝一下，聊聊天。」

「生意談成了？」致寶問。

「依我公司現在的規模，要慶祝隨時也可以，人生不再取決於一兩宗生意的成敗。」延浚倒著酒，沒跟致寶碰杯便像喝汽水般喝了起來，評價著這支拉菲：「很普通，浪費了我的期待。」

致寶懶理延浚的成功宣言，對那支紅酒也不感興趣，隨意喝了一小口而已：「老公，我也有事想跟你說。」

「欸！妳先別講話。」延浚播著柔和的音樂，調暗了燈光，再慢慢靠近致寶時，致寶就知道……對了，今天是二十一號，他們每個月行房的日子。

「啊……」延浚的小腿碰到了枱角，痛得大叫，還倒翻了紅酒。

「你沒事吧……太痛的話可以休息。」

「但這是我的責任，我要讓妳感到『性福』嘛！」延浚一拐一拐地坐到梳化上，揉著小腿。

「沒關係……我們繼續聊天，等你先痛完吧。」致寶深吸一口氣後，提高了聲線說：「我要開烘焙教室了！」

延浚按停了音樂，激動得站起來。

延浚：「甚麼！妳說笑吧！」

致寶：「真的！合約都簽好了。」

延浚：「退訂吧，我賠訂金。」

致寶：「……為甚麼？」

延浚：「甚麼為甚麼，很難懂嗎？」

致寶：「你知道那是我的夢想！」

延浚：「致寶，本來我今天也想跟妳說，明明妳以前是個精明能幹的會計師，剛認識的時候，大家都有共識努力賺錢，要過比所有人都幸福的生活。是的，妳大病了一場，我說過就算妳不工作，我也能養活妳，也不催促妳要回去工作，就算不賺錢也不緊要，但是時間就不該浪費在無聊的事情上，做甚麼麵包呀？買一個不就是十塊元嗎？妳看看這支紅酒，我買得起就可以買來喝，會不會突然說甚麼夢想就走去釀紅酒？」

致寶：「你是看不起做麵包嗎？」

延浚：「妳之前也一直看不起妳父親呀，怎樣他死了，妳就突然有了夢想？」

致寶:「……我開烘焙教室全都是用自己的錢。」

延浚:「不是錢的問題，是任性，如果我也講夢想的話，妳猜猜現在我們會住在哪裡？能每天都過得那麼幸福嗎？妳能夠講夢想，都是因為我的努力。如果妳說去學打哥爾夫球，我也沒那麼生氣。還有！經營一盤生意，妳有計劃過甚麼嗎？我不相信妳做得到，我公司很忙，我也沒時間幫妳。」

致寶:「許嵐會幫我，你不用操心。」

延浚:「哈，算了吧！我比妳更清楚妳的性格，妳是假倔強、假堅持，失敗就會輕易放棄。」

致寶:「如果我是輕易放棄，那早就離婚了，也不用一直忍你。」

延浚:「……妳小心說話！請妳冷靜，這是一場理性的對話。」

致寶:「我很冷靜！」

延浚:「……」

致寶:「……」

延浚:「好呀，妳就追求所謂的夢想吧，等妳狠狠地失敗時，就知道我有多對。」

兩人同時拿起酒杯喝酒，背對背坐著，不敢正眼望著對方，在這個偌大又經過精心設計的家，此刻一片沉寂。

而在某一個街角，提著行李袋的任晞宇環觀著四周，致電了許嵐：「我回來了，在哪裡見面？」

任晞宇前往許嵐所指示的酒店位置，雖然住在法國多年，但對周圍的環境不算陌生，比起步伐急速的途人，他散發著慵懶的氣息。隨意走進一間著名的連鎖麵包店，他買了一條長棍麵包，咬過一口後，吐糟了一句法語：「Merde！」便將之扔進垃圾桶。

許嵐相約晞宇在酒店一樓的酒吧碰面，環境清幽，氣氛適合聊天。晞宇先到，許嵐收到訊息才悠閒地從房間出發，剛才那對夫妻早已離開，只剩下凌亂的床鋪。

兩人一碰面便禮貌地輕擁，鄰桌的人不禁被晞宇跟許嵐的魅力吸引而多回望幾眼。

他們一見如故地聊起來。

許嵐：「突然拋下法國一切回來，不要緊嗎？」

晞宇：「妳懂我的，每天失去靈魂地生活，日子又有甚麼意義？」

許嵐：「我不是你平常泡的女生，不用故作詩意。」

晞宇：「我說真的，雖然每個人都稱讚你，但你卻討厭親手做的成品，我受夠這種生活了，但現在的我已失去了進步的能力。」

許嵐：「真搞不懂你這些藝術家，受注視的感覺不知有多好！」

晞宇：「妳現在也很有名吧，我也常常看到妳的影片。」

許嵐：「當然。」

晞宇：「所以……妳方便借我一點錢嗎？」

許嵐：「你說笑吧，堂堂法國烘焙大師會沒錢嗎？」

晞宇：「替我師傅還債了，他投資股票失利，要是還不到債，妳就會看到新聞『法國百年名店宣布結業』。」

許嵐：「你真重情義。」

晞宇：「必須的，看到昔日最尊敬的前輩跪在面前……沒有他也沒有今日的我。」

許嵐：「既然這樣，答應我的工作吧？」

晞宇：「妳怎麼好意思問得出口……就算多我潦倒也未至於那麼大材小用吧？」

許嵐：「剛剛才說你重情重義！當是為了我吧，你欠我人情。」

晞宇：「為了妳？我從來未聽過妳對烘焙感興趣。」

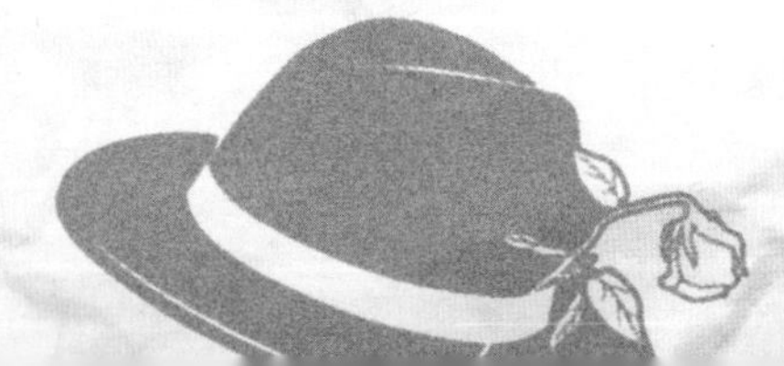

許嵐:「為了我人生最重視的人。」

晞宇:「誰這麼重要?」

許嵐向晞宇展示著她與致寶的合照,晞宇望了幾眼,像是沒甚麼興趣,但也沒有拒絕,便轉了個話題:「妳……今晚有地方借我住宿嗎?」

許嵐遞上一張酒店房卡:「為顯示我的誠意,我早已訂好房,等一下替你延長多三天。」

「那三天後呢?」晞宇接過房卡。

「要是你不答應我,就回法國吧。」許嵐喝了最後一口酒,準備離開:「總之,見一見我朋友再決定吧,她叫殷致寶。」

「這麼老土的名字喔……」晞宇低頭碎吟。

「或許見面後,她會是你喜歡的類型呢?」

許嵐走後,晞宇上到酒店房,打開門見到凌亂的床鋪以及地上的保險套包裝,無奈地說了句:「C'est la vie」便倒在床上,呼呼大睡。

翌日,致寶與延浚冷戰了一晚,當致寶醒來時,延浚早已上班。致寶走進廚房檢查所做的麵包時,驚訝著:「怎樣少了一個……?」但門鈴突然響起,她便去開門了。

那個「被偷走的麵包」，正放在延浚辦公室裡的枱上，他叫男助理試一口：「你告訴我好不好吃。」

助理無奈地點頭，延浚再說：「真的嗎……」待助理走後，延浚也試了一口，近距離對著麵包自言自語：「就算再好吃都只是一個麵包。」然後禁不住一口氣吃掉整個麵包。

一位客人突然到訪致寶的家，致寶恭敬地遞上熱茶。

「奶奶，妳怎麼過來了。」致寶坐到范媽的旁邊。

「送湯給妳，你們最近很少過來吃飯。」范媽身材圓潤，為人熱情。

「延浚工作太忙了。」致寶如實回答。

「那妳自己過來嘛，就算見妳一個也好！」范媽握著致寶的手：「妳看看我的臉色是否有點差？是不是要保養一下？」

「嘿……猜到妳來找我的原因啦！等我一下。」致寶走到房間裡，找了些甚麼。

致寶跟范媽一同坐在梳化上，臉上貼著面膜。

范媽：「你們去了旅行，害我皮膚都變差了，等一下妳也替我修一修眉毛喔。」

致寶：「好……妳比我更愛美。」

范媽：「不然我怎麼交男朋友。」

致寶:「是的,如果我有甚麼單身的男性朋友,一定介紹給妳。」

范媽:「最好是二十多歲,一定氣死延浚!」

致寶:「哈哈……他會氣到瘋掉!」

范媽:「妳看,有小孩多麻煩,長這麼大了還要為他憂心,所以你們不生小孩,我也絕不反對。」

致寶:「是的,幸好我有個開明的奶奶。」

范媽:「我不是開明,只是沒空理你們,老人家時間寶貴,最好少管閒事,你們健康、快樂就好了。」

致寶:「嗯……」

范媽:「怎麼了?我那個笨兒子又惹妳生氣嗎?唉,我也受不住他……」

范媽脫下了面膜,致寶一邊為范媽修眉一邊講述兩人因開設烘培教室而起的衝突。范媽默默聆聽著事情始未,偶爾因為眉毛被拔走的輕微痛楚而「哎」了幾聲,而致寶愈説愈激動:「不顧任何人反對,也不怕失敗,我絕對要試一試。」

范媽照著鏡子回應:「女人要活得漂亮,是來自本身散發的光芒,不幸福的婚姻只會令人黯淡失色,被奪走了靈魂一樣。所以……要是妳生活過得不美滿的話就離婚吧……」

致寶:「哪有奶奶會建議媳婦跟兒子離婚呀!」

范媽：「等一下，分開了妳還會跟我一起敷面膜嗎？」致寶點點頭，范媽再說：「那就可以了，比起一個跟我合不來的媳婦，我寧願要半個女兒。我走了，妳記得喝湯啊！」

范媽緩緩地站起來，走路不算太順，致寶扶著她到樓下，目送她坐上計程車。

致寶回到家後，打開范媽帶來的湯壺，哭笑不得地喝著。

【今天下午有空嗎？跟妳見見他。】

致寶收到許嵐的訊息，隨即意會「他」是誰，並望著枱上那本任晞宇所寫的書。

和暖的藍天，紅色杜卡迪停泊在連鎖咖啡廳門外，陽光滲進窗內的一份巧克力可頌，致寶正津津有味地吃著，問坐在對面的許嵐：「要不要分妳一半？」

許嵐喝著黑咖啡：「難道妳覺得我會讓這塊高熱量的澱粉質、糖、牛油毀了我的身材嗎？」

致寶反擊：「吃一小口才不會這麼嚴重，妳都即將要成為烘焙教室老闆了，怎麼能妖魔化甜點呢？」

許嵐回應：「誘惑就是由逐點逐點開始呀，起初說試一小口沒所謂，結果就會停不了。反正我們之前說好了分工，我只

負責管理跟宣傳推廣，你們要弄甚麼麵包、甜品我也不用吃，但只要實行到我的計劃，這間店一定會紅起來。」

「有妳我就放心。」致寶已吃了半份巧克力可頌。

許嵐望著手錶，致寶留意到一團烏雲正逐漸靠近。

「怎麼他還未到，從來沒有人要我等超過一小時。」許嵐抱怨著：「我等一下還要去做 Podcast，我跟你們互相介紹一下便要走了。」

「你們到底是怎麼認識的？」致寶望到一位男途人跑過來，細看後卻不是任晞宇，而男途人把手擋在頭上，天空開始飄下雨粉。

「妳自己問他啦，如果他願意開口的話。」許嵐：「但我要警告妳，別問太多比較好。」

致寶：「該不會是妳其中一個炮友吧……」

許嵐：「是不是人妻都愛亂猜一通？」

咖啡廳女店員凝視著剛推開門的男人，但男人甚麼都沒點，也沒有望過任何人，便一直走到許嵐跟致寶的那一桌坐下。

致寶首先望到這個名為任晞宇的男人。他隨意地一口喝掉許嵐的半杯黑咖啡。許嵐怒瞪著他：「你遲到了！」

晞宇毫不在意地回答：「時差嘛……睡過頭了。」

致寶坐直了身子，撥走了撒在衣服上的麵包碎，主動開口：「你好！我叫殷致寶，我看過你的書，很高興見到你本人。」

致寶猶豫了半秒後，還是伸出了右手，補充多一句：「Bonjour！」

晞宇沒作回應，只瞪著枱面那半份巧克力可頌。

致寶尷尬地收起手，再問：「你剛睡醒應該還未吃東西吧？要吃嗎？雖然冷掉了，但味道不錯的，不會太甜。」

許嵐秒速拿走了那半份麵包，按著手機說：「我要走了，你們自己聊吧。」

許嵐在晞宇背後與致寶對望，皺起眉頭，像暗示她剛才說錯了話。

剩下致寶跟晞宇，窗外的雨愈下愈大，許嵐在咖啡室外回望了他們一眼，便騎著摩托車遠去。

「要幫你點杯咖啡嗎？」許嵐再度打破沉默，直視著晞宇。

「不用了。」晞宇回答後，致寶從手袋拿出一個麵包，還未開口說話，女職員見狀竟立即走過來：「小姐，不可以吃外來食物。」

「我知道……我不是……」致寶試圖解釋。

但晞宇搶先插嘴：「沒有人要吃。」

女店員不懂反應，沉寂了幾秒，看在晞宇的俊朗外表上，溫柔地說：「明白明白，不好意思，有甚麼需要再告訴我，真的很抱歉，我請你喝一杯咖啡吧。」

「不用。」晞宇冷冷的答，再望向致寶：「妳點吧。」

「那……」致寶笑著說：「我要一杯榛子咖啡吧，謝謝妳。」

女店員微笑地轉身後，晞宇指著致寶的嘴角。在致寶的臉上，還有些巧克力醬……

致寶不慌不忙拿出紙巾清理後，收起了笑容，故作認真起來。

致寶：「所以呢，許嵐有跟你交待了情況嗎？」

晞宇：「沒有，她只叫我來見妳。」

致寶：「那我是不是要自我介紹一下？」

晞宇：「隨妳。」

致寶：「說真的，我沒想過許嵐會認識你，不知道你們是甚麼關係，但我必須先盡早解釋，你是享譽國際的甜點大師，我是絕對……沒錢聘請你的。」

晞宇：「那再見吧！」

致寶：「等一等，但許嵐說你欠她人情，我相信現在你會坐在我面前，應該也不只是關心錢的問題吧？」

晞宇：「我是……妳有一百元嗎？借給我。」

致寶：「為甚麼？」

晞宇：「我還未吃東西嘛。」

致寶拿出了一百元，晞宇奪過後站起來：「謝了，加在許嵐的『人情』上就好。再見了，很高興認識妳，殷……美寶，是吧？」

致寶：「我認真的！請你不要覺得我在跟你開玩笑！」

女侍應端上榛子咖啡，晞宇停下了腳步，聽到致寶說「認真」兩字時，他的神情亦凝重起來，簡直變了另一個人似的。

晞宇：「那我也認真跟妳說，在我的角度，烘培並非讓妳這種生活悠閒的太太來打發時間。如果妳吃這件『東西』也滿足，那花錢買就好了。為妳好的，不必那麼大費周章。」

致寶：「你憑甚麼批評我，你清楚我的決心有多大嗎？」

晞宇冷笑了一下，便回復了隨性的態度，袋著致寶的一百元離開。

致寶呆想了一會，拿起了手袋和她做的麵包，追趕出去。

晞宇懶理大雨，向著前方走著。

「你等一下！」致寶半跑向他：「你至少嚐一口再批評我。」

致寶不慎滑倒，麵包跌在地上，翻滾了幾圈。

晞宇回身望到半跪在地上的致寶，駛過的車子把路邊的髒水濺到致寶身上，路人踩扁了麵包……

在滂沱大雨中，矇矓的街道上，致寶摸著腳踝，打算忍痛緩緩地站起來，而晞宇已急步走到她的身旁。

【第二章】
平淡

晞宇向致寶伸出右手，但致寶自行站了起來，說：「不用你幫忙，謝謝，我不需要你的同情。」

「……」晞宇仍下意識地伸著手，直至致寶站穩。

「你不用理我，有事可以先走。」致寶撿起了地上的麵包，抹了數下，清走了雨水及灰塵，才扔進垃圾桶裡。儘管被雨水打在臉上，她也回身跟晞宇說句：「再見。」

同樣濕透的晞宇站在原地，默默地望著致寶愈走愈遠，直至消失於視線後，才深吸口氣，唸道：「算了！去吃飯。」

大雨持續地下著。

延浚的辦公室內，男助理站在門前，望著延浚跟一位漂亮的女士正談得高興。

女士拋著媚眼，即使留意到延浚無名指上的婚戒，也握起他的手：「跟你開會真的很快樂，我回去會跟老闆商量增加預算的事，你放心喔。」

「那拜託妳了，謝謝。」延浚鬆開了她的手。

「六時多了，你們都應該下班吧？要不要一起走？」女士問：「或是……去喝一杯？」

延浚跟男助理說：「你也執拾一下東西下班吧！」再回答女士：「妳坐在出面稍等。」

男助理開門，邀請女士跟著他走，兩人迴避對方的視線。

關上門後，延浚立即收起笑容，將酒精搓手液擠到掌心，用力摩擦後，在桌上的兩部手機選用其一，並致電餐廳：「范先生，今晚，兩位。」掛線後，他滿心歡喜地拿起公事包，關燈離開後，想起了甚麼，回身取回另一部手機。

延浚、男助理及女士走到停車場時，延浚跟女士說：「那再見了，合作愉快。」

女士驚訝：「不是一起去喝酒嗎？」

延浚：「欸，不好意思，我訂了餐廳跟老婆食飯。」

「……紀念日喔？」女士停在延浚的保時捷旁：「現在這麼大雨，至少送我回家吧？」

延浚望著男助理說：「他會送妳，放心！我們怎麼會讓妳冒雨回家呢！妳跟他說去哪裡就好了。」

「……」女士坐上了男助理座駕的副駕駛。

兩人望著延浚的白色保時捷駛走。

「妳輸了，都說我老闆是有名的愛妻號，妳沒可能勾引到他的。」男助理邊說，戴著婚戒的手摸著女士的大腿：「或是說，他不容許自己犯錯。」

「哼……」女士不服氣，男助理靠向了她，兩人熱吻起來。

延浚在車廂內致電致寶。

致寶剛巧回到家，全身濕透，狼狽地放下手袋後，接聽延浚的來電，聽了幾句後回應：「又不是紀念日，幹嘛突然出去吃飯喔……糟糕，該不會今天真的是結婚週年，我忘記了……？喔……幸好不是，你不用特地回來接我了，我洗個澡就出去，你自己逛逛等我。」

跟延浚掛線後，致寶站在浴室的鏡子前，腦海浮現剛才在雨中跌倒的瞬間、任晞宇那副看不起她的嘴臉、還有那隻想扶起她的手……

花灑的暖水沖到頭上，致寶幻想自己正身處烘焙教室，滿足地從焗爐取出麵包，回身一望打算向其他人分享喜悅時，卻發現整個教室只有她一個人。

沒有許嵐、沒有范延浚、也沒有任晞宇……

「我到底可以成功嗎……？」

致寶苦惱、猶豫、不安。

錄影廠內，準備錄製節目的許嵐，因為遲到而跟工作人員

點頭抱歉，待工作人員離開後，便繼續在電話裡怒罵任晞宇：「殷致寶是我最好的朋友，你這樣對待她很差勁吧！」

剛才同樣冒雨走在大街的晞宇，已梳洗好了，一邊圍著浴巾一邊回應：「我沒有做甚麼啊。」

原來，許嵐在離開咖啡廳後，開車到半路時因擔心致寶而折返，目擊二人在雨中對話的情境，正當致寶失落地走著時，許嵐駛著電單車來到她面前，遞上頭盔，致寶默默地上車，讓許嵐送自己回家。

晞宇在酒店房來回踱步，試圖辯解：「是天下雨、是地太滑、是她自己要追出來，怎麼說成是我的錯呢？」

許嵐：「那撒謊呢？我叫法國的朋友到你的餐廳打聽過了，你師傅根本沒有欠債，反而是你突然消失了，害得餐廳差點無法開門營業。」

「……」晞宇靜了下來。

工作人員指示許嵐可以開始錄影節目了，她拋下一句「請你今晚見面時好好解釋」便掛斷了線。

晞宇在掛線後，望著螢幕上一連串被他不讀不回的訊息，幾乎全部都問他人在哪裡。

晞宇深吸口氣，甚麼都不想理。

延浚打開手提電腦，在高級餐廳內處理著公事，侍應問他要不要點些甚麼時，他半眼都沒看過侍應，以不太禮貌的語氣回應：「用餐時間沒有限制對吧？」

「……是的。」其實侍應只是禮貌上詢問一下。

延浚依然注視著螢幕：「那你就不要過來妨礙我工作吧，你會打斷我的思緒，一個好的點子也會因為你突然的一句話而消失，我要點餐的話自然會召你過來。」

「很抱歉。」被無禮對待的侍應，保持著笑容退場時，反而被延浚叫住：「等一下。」

延浚終於與侍應對上眼：「最重要的是，我老婆還未到。」

「嗯……」侍應這次真的不懂得該怎麼回應了。

再過半小時，穿著體面的致寶踏入餐廳，雖然未至於全場矚目，但也吸引了幾位男士的目光，當她向著延浚迎面走近，延浚在她坐下的一刻才同步合上手提電腦。

延浚依然保持著見到妻子會自然笑起來的熱情。雖然他是個工作狂，但在非辦公模式下，不至於對致寶冷淡無情，相比之下，致寶反而心事重重。

延浚隨即揚手叫侍應過來，當侍應遞上餐牌時，講究效率

的延浚已將要下單的餐點及白酒寫在紙上，吩咐下屬做事的態度般：「盡快上菜！」

「好的。」侍應少許無奈。

致寶早知延浚的舉動，一直低頭按手機，沒有過問延浚點了甚麼，待侍應走後才敢抬頭，避開尷尬。

「妳一定餓扁了。」延浚問：「對了，今天有甚麼趣事嗎？」

「我⋯⋯」

致寶還未開始說，便被延浚打斷：「我的生意談成了！即使忙了幾個月都值得！妳有所不知了，我的計劃書過五關斬六將，連行內最出色的公司都敗了給我，雖然這是我預料之內，但消息傳出後，我的名聲又大大提升了，真的值得跟妳好好慶祝！」

「嗯⋯⋯真好！」致寶一時未回神，但發覺自己有點敷衍，於是立即裝起熱情的笑臉，畢竟身處於一間環境氣氛頗浪漫的餐廳，要裝也是能裝得出來：「那今晚我們甚麼也不想，盡情享受吧！」

延浚露出自滿的笑容，將白酒一灌而下，但他在心裡計著喝了多少杯，不容許自己醉倒，畢竟他在飯後還計劃好有事要做。

果然如致寶所料，延浚仍說著公事，雀躍地分享他的創意與構思。直至最後送到桌上的一道法式甜點，稍為讓致寶回復心情。

她一邊吃，腦海禁不住想起任晞宇，在心裡自我告解。

「真的很想有機會向他學習。」

致寶望著餐廳內的開放式廚房，視線穿過玻璃，幻想著任晞宇正在做甜品的模樣。

「一個這麼有才華的男生，見識廣博，又怎麼會重視平凡的自己呢？也難怪他態度冷淡，換轉是我，也不會將自己放在眼內……」

致寶的思緒早已不在餐廳了，只是坐在對面的延浚一整晚都沉醉在成功的快感裡，毫不在意妻子的感受，但就在飯後，延浚終於將焦點放在致寶身上，竟然提及烘焙教室的話題：「致寶，我想過了，我否定妳開設烘焙教室的確是我不對，這樣不夠客觀，就像教嬰兒學走路一樣，讓他跌過、痛過、才會學懂每步都要小心，所以妳即管做吧，蝕錢的話就當是上了一課，反正家裡的開支也不用妳出錢，加油，我支持妳，到時我再安慰妳吧，妳放心，怎樣都會有我在。」

「這算是嘲諷嗎？」

致寶早已習慣了延浚的說話方式，也懶得跟他討論下去，只是默默地向延浚舉起了酒杯，說了一聲：「嗯，你懂就好了，謝謝。」

另一邊廂，任晞宇獨自喝著酒，等著許嵐出現，腦海裡想著該怎樣解釋離開法國的真正原因。

晞宇喝了半瓶酒後，許嵐悠然地走進酒吧，從門口走到座位期間，沒有跟晞宇對上一眼，直接坐下，倒了杯酒後，表情由冷酷轉為不忿，吐出一句：「請你解釋一下現況。」

向來滿臉自信的晞宇明顯地感到不安，像個被審訊的疑犯般，換了個坐姿，左思右想一輪，欲言又止了差不多數十秒，但慣於與病人交流的許嵐有耐心地等著，直到晞宇終於開口。

「我……」

在這時候，晞宇腦海裡浮現離開巴黎前一晚的畫面。深夜時分，甜品店已經關門，所有員工亦已離去，唯獨廚房內傳來光影，晞宇無助的坐在地上，枱上放滿十多款被摧毀的甜品。他低頭默念一句：「真的不知道再怎麼走下去了……」

「拋下一切離開吧……沒有人能夠阻礙到我，即使我不在，這裡明天照樣會順利營業。」

就這樣，晞宇衝出門口，情緒崩潰的他已經無法理會任何責任，只回家執拾了一些衣物，便拿著護照到機場，只想回去成長的地方。在飛機上，他稍為冷靜下來，望著機窗外的天空，卻沒有半點反悔，反而泛起久未出現的真正笑容。

許嵐聽到這小部分情況，不算太驚訝，只是有點概嘆，對於任何人的任何行為，她都慣性先嘗試理解，也不判斷對錯，這讓人安心跟她交談。

雖然事情始未還有很長篇幅，但許嵐沒再深究，問道：「有甚麼我可以幫到你嗎？」

晞宇就等她開口說這一句，正中他的意圖，立即揚手叫侍應過來，叫了幾道小吃以及一支貴價紅酒。

他的表情由嚴肅凝重變得輕浮奸詐：「那今餐由妳結帳吧，兩性關係大作家，城中有名的心理咨詢師，不會計較這些錢吧。」

許嵐心中也有盤算：「巴黎甜品名店的總廚，竟淪落到要人請客。」

晞宇一點也不在意她的說法，大口大口地吃著枱上的食物：「我只拿了護照，甚麼都沒帶過來，最好借我一點錢，我連明天要住哪裡都未決定好。」

許嵐：「這種詐騙技倆太過時了吧。」

晞宇：「我不想跟過往有甚麼連繫，那些錢是過去的我所賺的，他已經死了，我一分錢都不會用，也不跟任何人聯絡。除了妳，妳幫我的話，我會很感激妳，也不會欠妳的。」

許嵐已分不清這些毫無邏輯的話，是因為任晞宇已經喝醉，還是藝術家的古怪脾性。

許嵐：「好，我幫你，但……有條件。」

晞宇：「上次我不是已經拒絕了妳嗎？」

許嵐：「這次有所不同，你先聽聽吧。」

其實，任晞宇才是中了圈套的那一個。他聽了許嵐的提議後，冷笑著，但出奇的是，面對這個更無邏輯、更像詐騙，簡直就如勒索般的要求，他竟然答應了。

許嵐：「那麼由今晚開始，你所有的合理使費都由我負責，直至你離開那天。」

兩人碰杯，複雜的思緒隨著紅酒而浮動著。

「妳舒服嗎？」

范延浚在床上擺動著身體。

他與致寶從法國餐廳回到家，昨晚因為「小腿碰到了枱角太痛」而未能順利完成的房事，他決心要在今晚實現。

所有訂下的計劃都要確切執行，這是范延浚的宗旨，這也令他在生意上大為成功。所以，他認為美滿的婚姻，一星期最少要有三次房事，並且要認真紀錄著……

「一、二、三、*四*、*五*……」

不只是總次數，就連進進出出的數目，他都要計清楚，目標是至少一千下，而時間是三十分鐘，每五分鐘要變換一次姿勢。

當鬧鐘響起的一刻，延浚完成了他的壯舉，就如奧運選手獲得金牌般，既激動但又喘著氣，無法說完一整句話：「呼……妳…滿足了……吧？」

殷致寶早已對延浚所有的奇特處事方式司空見慣。

致寶：「嗯……」

延浚：「要不是最近工作太累，我應該可以堅持到四十分鐘的，但為免影響明天的精神，三十分鐘對妳及我而言，是最合適的時間。」

致寶穿回衣服的一刻，延浚已走到客廳，坐在電腦前工作，聚精會神得彷彿與螢幕結合。

致寶的手機響了響，收到許嵐傳來的訊息。

【妳可以放心了，我已經解決了烘焙教室的最大難題，其他行政的事我會繼續處理，明天妳開始準備其他事情吧。】

比起剛才的房事，致寶讀訊息後的心情更為激動及滿足，她走進廚房，構思著要為烘焙教室添置的設備及物品。

延浚回望廚房裡的致寶。

「她真幸福，我也是。這種日子實在太好了！我也要努力工作，一切都值得的。」

敲打著鍵盤的他，以為她臉上的愉悅是來自自己的「好」表現。

兩人繼續做著自己的事，誰也沒料到平凡的人生，以及平淡的婚姻，早已起了一些微妙變化，就如膨脹的酵母一樣。

為開設烘焙教室作準備的第一天。

早上七時正，致寶就起床了，比身旁還戴著眼罩的延浚更早。

「很久沒試過有規律的生活了。」

致寶伸了個懶腰，就算形容她期待早上的到來也不違和，畢竟她過著不用上班的生活已經有三年多了，雖然全職主婦的日子過得悠閒，但對她來說，要不是之前生病要養好身子的話，絕對不會讓日子變得百無聊賴。

為了顯得精神飽滿，她在化了個淡妝過後便出門，走到停車場，駕駛著延浚的私家車。就在昨晚睡前，她問延浚：「由明天開始我想駕車，可以嗎？」

延浚：「我不放心，平白無故為甚麼要駕車？女司機只是馬路炸彈，我不想妳有意外。」

致寶：「之後可能需要運送蛋糕，自己有車會方便一些吧，所以想盡早習慣駕車。」

延浚：「我寧願妳坐計程車了。」

致寶：「你是怕我撞壞你的車子嗎？又不是要開你那輛跑車，我有信心不會出意外。」

延浚：「這樣吧，答應我時速不要超過七十，哎……六十好了。」

現在，在高速公路上，致寶的車速已經達至八十了。即使起初技術有點生疏，但肌肉記憶讓她很快便重拾手感，還能夠分心想著烘焙教室的事宜。

烘焙教室的間隔著實不錯，還有兩個大型儲物房，一個獨立洗手間連浴室，最寫意的是那個露台。

「放張長枱，加一些燈飾佈置，晚上在那裡吃著蛋糕看夜景，一定很浪漫。」

致寶的腦海裡已有完整的規劃，雖然距離開幕及收生還有一段日子，但接下來要面對甚麼挑戰也不畏懼了，因為她對自己的堅毅及執行力有信心。

致寶抵達烘焙教室時，在門口拍了一張照片傳給許嵐，開門前就如日本人般有禮，唸了一句：「多多指教了。」

誰料到，開門後，首先映入致寶眼簾的，不是烤箱，也不是任何食材，而是赤裸上身的任晞宇……

【第三章】
甜的定義

「你怎麼會在這裡？」

先開口的人是殷致寶。

雖然任晞宇是位甜品師傅，身材卻線條分明，尤其是清晰可見的腹肌及人魚線……整體上不是健美選手那種粗獷身型，倒像一位輕量級拳手，穿衣好看，脱衣誘人，配著他那張冷傲精緻的臉蛋，加上超於一米八的身高，理應是位模特兒才對吧。

「這畫面也來得太突然。」

致寶不自覺的一直盯著晞宇的身材，雖未至於像少女般會臉紅，但也感到不太合乎禮儀，只是視線無從安放，而且她算是這裡的負責人，轉身的話就像被他嚇怕而無法質問下去。

「不就是一團肉。」

只能繼續與他對視吧。

致寶裝作若無其事，彷似他不是半裸，而是衣衫齊整，但任晞宇受夠致寶的目光，感到不耐煩：「與人交談時，不是該看著對方的眼睛嗎？」

「別拉開話題，我問你為甚麼會在這裡。」致寶重覆著。

「這問題該問妳的好朋友，由她來回答妳才會明白吧，我看妳這刻的情緒及思緒似乎不太清晰，恐怕妳也聽不懂我的解釋。」

説罷，晞宇作弄了致寶，脱下了圍在下半身的浴巾，嚇得致寶轉身，但其實晞宇已穿著短褲。他一邊抹擦著半濕的頭髮，不負責任地拋下一句：「妳致電許嵐吧，沒事別吵我，除非我叫的外賣到了。」

「剛才還以為是外賣員，急急忙忙便衝了出來，怎料到是她……」晞宇一邊碎碎唸，一邊走回本來是儲物室的房間。

致寶瞄到晞宇穿著短褲的背影，鬆了口氣，心跳慢慢平伏下來，立刻拿出手機致電許嵐。

「怎麼現在像聽從著他的指令般……？」

等待著電話接通，一定要許嵐清楚解釋到底任晞宇怎麼會出現！

時機剛好，許嵐會診完一位病人，回到座位時收到致寶的來電，按下接聽：「喂？」

延浚駕駛著跑車去見客，停在紅燈前，看到旁邊是一間麵

包店後，令他想起了致寶。

「不知道她駕車是否順利呢？沒有我在旁邊一定手忙腳亂吧，只希望沒發生意外……還是致電她問一問。」

正當延浚打算關心妻子的狀況時，他驚覺有一樣重要的東西正遺漏在致寶的車上——另一部手機。

「糟糕……萬一她打開了手機，讀到裡面的內容……」

紅燈轉換成綠燈，延浚因為分了心而停在原地，直至後方的貨車響咹，他才踩下油門，但內心仍滿是擔憂。

現階段絕不能出現任何影響婚姻的因素，不容許生活被打亂。

「今晚試探一下她吧……」

延浚的跑車在駛往客戶公司途中一直險象環生……

「許嵐，為甚麼任晞宇會出現在烘焙教室？而且他……」

致寶立即質問電話的另一方。

「他做甚麼了？」許嵐態度輕鬆，因為這是她安排的。

致寶：「沒甚麼……」

許嵐：「他會住在那裡。」

致寶：「我沒聽錯吧，會住多久？他沒錢住酒店嗎？」

許嵐：「他答應我回去法國之前會一直幫助我們，我也不太懂他的藝術家脾性。」

致寶：「這麼好？未免太不可思議吧，他人品也不像那麼好，是不是收了妳一大筆錢？」

許嵐：「錢倒是要付，但只需負責他的食宿，以他這種級數的甜品師傅，在生意角度上絕對划算。妳就當他是個學徒般吩咐好了，要是他不聽妳的話就告訴我吧。」

致寶：「我還是有點不相信，不過由妳安排就一定沒問題……只是……對了！我連你們怎麼認識也不知道。」

許嵐：「欸，殷致寶，雖然妳是個中女，但也不要那麼囉嗦好嗎！人家是有私隱的，他的事我不方便說太多，你們日後相處久了，看看他是否願意告訴妳吧。」

致寶：「好啦！謝謝！那我不打擾妳喇！」

許嵐：「愛妳！拜拜！」

兩人通話期間，任晞宇一直靠近門口偷聽。

「這兩個人真麻煩……但這裡頗適合我渡過這階段。」

他環顧著這間勉強可以睡覺的儲物室，想起從前初到巴黎擔任學徒時，再差劣的環境也生活過，再窮的日子也捱過。

對他來說，現在最重要的是低調，雖然他的身分地位未至於偶像明星般那麼街知巷聞，但在烘焙界具有名氣，萬一被熟人發現，立即通知法國的師傅，那就無法再逃避了。

「唉，為甚麼我淪落到通緝犯般呢……」

致寶敲了敲晞宇的房門，打斷了他的思緒。

「你方便出來一下嗎？」

回想起他的腹肌，致寶補充一句：「請穿好衣服。」

一門之隔，竟是位國際級甜品師傅，自己家裡還放著他的著作。

任晞宇的出現是近乎奇蹟的事情，雖然剛剛確實尷尬，也不理解他留下的因由，但無論如何，有他的加入還是值得高興。

「或許有機會跟他學習呢！」

致寶望著這道門，眼神與笑容都充滿著希望。

致寶剛剛替晞宇從外賣員手上取過早餐。晞宇站在她身後，說了一句謝謝，便拿走了早餐，找個位置坐下，期待地打開飯盒。

其中一份食物是煉奶多士。

晞宇將多士放入口前，望到仍站著不動的致寶，明明她應該有很多事要處理。

「或許是我打亂了她的計劃，為了日後相處方便，也該釋出一些善意。」

晞宇揚手叫致寶過來。

「妳要吃嗎？分妳一半？」

致寶本來有些遲疑，但甜品大師都吃的煉奶多士，一定有甚麼來頭吧？於是她找了一張椅子，搬到晞宇身旁，取過那半份多士。

「很普通……」

致寶嚐了一口，但晞宇卻莫名地吃得津津有味。

「別盯著我吃東西好嗎？妳總是讓人那麼不自在？」晞宇半說笑道。

「不是的……」被誤會的致寶著緊地試圖解釋：「純粹感覺上你應該很挑吃，但這份多士好像沒甚麼特別。」

晞宇猜到致寶的想法，被她的天真弄得笑了起來：「妳先坐近一點，跟妳說話都要喉嚨痛了。」

也是的，致寶一直跟他保持著一大段距離，顯得難以溝通。

晞宇喝了口茶再說。

「這是我從小到大最愛吃的甜品，味道好又簡單。」

致寶等待他再說下去。

「雖然甜品有千千萬萬種款式，很多人排隊數十分鐘，只為吃一口新款蛋糕，或願意付出昂貴的價格買一件新潮的甜品。當中固然有它的心思及價值，這方面我不會否定，但吃下去的甜，說到底是為了一份快樂，而這份快樂有不同的定義方式。這份多士我吃下去感到快樂，不就足夠了嗎？」

就在晞宇說著這番話時，由他所負責、位於巴黎的甜品店正有數十人在門口排隊，店內坐無虛席，每人都吃著他所鑽研的各款甜點而面露喜悅。

當然，致寶也明白廚師不一定要餐餐吃得好，也會吃快餐或杯麵，但她總覺得這番說話蘊藏著更深的道理，只是這刻的她仍未明白到。

「你當然這樣說，我也想可以隨手就做出值得別人排隊購買的甜品。」

致寶說後擔心自己太無禮，回想起第一次見面時，他態度冷酷。

「妳有想過是為了甚麼而做甜品、要成立這間烘焙教室嗎？基本上妳是個外行人，也是個新手，對妳來說，難道是一門生意？或是消磨時間的興趣，賠本倒閉也不要緊？」

換句說法，晞宇暗示著致寶要有吃苦的決心。要把興趣當成生意，不是一件有趣的事情。

致寶正想解釋時，晞宇已經吃完早餐，也收起了剛才的凝重表情，問道：「有空聽我說這麼多廢話……妳不忙吧？陪我去買點東西。」

連鎖時裝店內。

致寶等著拿了數件衣物進試身室的晞宇。

「哎……我忙呀，本來要今天計劃好裝潢……」

連鎖運動用品店內。

晞宇試穿著一雙跑鞋，似乎很滿意。

「難怪他能保持好身材……」

致寶不自覺望著自己的小肚子。

連鎖傢品店內。

致寶跟在戴上太陽眼鏡、鴨嘴帽及口罩的晞宇身後。

「這個人打算在烘焙室長住嗎……？」

致寶的私家車內。

坐在副駕駛座位的晞宇終於能悠閒地開口：「還差床褥要等送貨就差不多買齊了，日用品我在酒店取了一些，烘焙教室附近好像有間超級市場？遲點我自己去買吧，謝謝妳，致美。」

「是致寶，我的名字是殷致寶，我們見面快半天了，你連我的名字都記錯，會不會太過分？」

致寶氣得差點想急剎停，把車子停在路邊趕他下車。

「噢，很抱歉，我會記住的。」晞宇一臉不在乎地回應：「那麼我帶妳去一個地方，勞煩妳前往這個地址。」

致寶望一望他的手機，再照著輸入到導航程式。

「我叫妳出來，不會要妳白跑一趟的，致寶。」晞宇特意加強尾音。

兩人始終是第一次相處，話題都只是關於「當刻」所發生的事，除此以外就是一片安靜，連閒話家常都沒有，雙方都不急著了解對方。

晞宇雖然為人看似冷酷，但每當說起話來，都面帶笑容，語調輕鬆。

「車上有紙筆嗎？」晞宇問。

致寶打開了司機位的置物箱，找到了紙筆，再遞給晞宇。晞宇接過後，低頭專注地寫著。

「他又有甚麼麻煩要求嗎？」

致寶禁不住偷看。

「請妳小心駕駛。」晞宇停筆，指著前方。

私家車最終停在一條舊街道上。

「呼……終於到了……」

由於路途崎嶇，走錯了幾次路，致寶一直聚精會神，旁邊的晞宇只是存在就足以產生無形壓力，所以到達目的地後，終於可以鬆一口氣。

晞宇神情呆滯，臉青唇白，致寶說了聲「到了」，他才反應過來。

「喔……坐飛機時也沒剛才那麼擔心喪命。」

「……」

致寶這刻才明白晞宇剛才並不是寡言，而是被她的駕駛技術弄得頭暈目眩，但致寶也不愧疚，誰叫你平白無故找我當半天司機，還要我跨區走這些完全不熟悉的街道？

「所以，現在要去哪裡？」致寶問。

不經不覺已經下午三時多，陽光的熾熱與街道上的冷清形

成強烈對比，營業的店舖竟也不多，兩旁的舊式建築之中，就只有致寶的車子。

另一邊廂，許嵐駕著電單車來到一間醫院，當她停下車、甩下頭盔的一刻，醫院門口就有一位穿著正式的女士在等著她。

「許博士，吃過午飯了嗎？我代醫院的小朋友謝謝妳願意百忙之中抽空出席這次探訪活動，這是我的卡片，我再跟妳簡介活動流程。」

女士的客套口吻讓許嵐有點反感。

卡片印著某公關公司的名字，以及黃思美小姐。

許嵐跟著公關黃思美小姐走進了醫院，其中一位路過的男醫生認出許嵐，上前打了聲招呼，但許嵐視而不見，直行直過，令男醫生神情失落，立刻拿出手機打開與許嵐的短訊對話。

對話視窗內，就只有一連串他被已讀不回的訊息。

烈日當空下，致寶獨個兒按照晞宇所指示的地址走去。

「又要我當跑腿，自己就……」

留在車廂的晞宇，調低了冷氣的溫度，還播放起藍調音樂。

致寶謹慎地查看門牌，發現目標店舖在對面街。

「好像是一間舊式醬料店？」

致寶橫過了馬路，確認多次地址無誤後便進去。

「你好，我想買這些東西。」

老闆是位貌似六十多歲的老伯，他板著臉瞧一瞧致寶後，瞇起雙眼讀著致寶遞上的紙條。

「他看得明白嗎？」

致寶當然也讀過紙條上的內容，就只有一些估計是貨物編號的數字以及重量。

「妳等一等。」

老闆的臉色稍為和善了，轉身走到貨倉裡，東找西找了一堆材料，再擺在枱上。

「誰叫妳來買的？」

「一位朋友。」

「妳拿得動嗎？」

「沒問題的，不過可以給我這個紙箱嗎？」

致寶指一指身旁的空紙箱，老伯點頭同意後，便把那些材

料放進去，離去時才發現忘了最重要的事。

「請問多少錢？」

「不用了。」

「免費？」

老伯回答了一句致寶聽不懂的日語便揚手叫她離開，再轉身走到貨倉裡。雖然致寶難以理解因由，但憑著老伯的反應及肢體語言，只能先行離去。

在店舖一個不起眼的角落，擺放著一張家庭照，裡頭的其中兩人，一位是老伯，另一位則是任晞宇，而老伯剛才說的那句日語，意思是：「替我問候那傢伙吧。」

老伯獨自在貨倉執拾東西，安心的笑了笑。

致寶捧著略重的材料，環顧四周的街道時，突然有種熟悉感。

「怎麼我好像來過這裡？」

晞宇仍在車廂裡沉醉於音樂中，直至見到致寶在不遠處捧著紙箱回來時便下車幫忙。

把東西都放進車尾箱後，致寶隨即問：「那個老闆好像認識你？」

「他是我爸爸。」

「哎……甚麼？」

「先上車吧。」

兩人回到車廂內，致寶等待著晞宇再開口。

「唔……？妳還不開車？依妳的車速，回到去已經天黑了。」

致寶露出一個難以置信的表情。

「甚麼？你解釋完了？」

她的腦海裡充斥著各種問題，像是「為甚麼他不去見自己的爸爸？」、「他的爸爸是日本人嗎？」、「車尾箱的東西到底有甚麼用？」

「等等……」晞宇答：「我不理解，為甚麼要答妳的問題呢？依我們的關係，暫時連朋友都稱不上，我也是剛剛才勉強記住了妳的名字，妳有這麼關心我的家事嗎？」

「當然不！」致寶急忙想了一個合理解釋：「因為……未得到答案前，我會分心，無法專注開車，甚至會釀成交通意外！我不是八卦，而是為了大家的性命設想。」

「那個老頭子有跟妳說甚麼嗎？」

「就……我將紙條遞給他，他便去貨倉取貨，然後我忘了付錢，他説免費就叫我走了，我離去前，他説了一句日文，但我聽不懂。」致寶簡略地描述剛才的情況後，打量著晞宇：「你是日本人嗎？」

「跟我換個位置吧。」晞宇：「妳看上去的確有點累。」

致寶遲疑，晞宇再補充：「妳放心，我有車牌。」

現在換成晞宇手握軚盤，彷彿主導整場對談，而比上班還要累的致寶終於能稍作休息。

「想不到他也有體貼的一面。」

其實，晞宇只是嫌棄致寶的駕駛技術，想保障自己的生命安全。

致寶：「免得被你説我八卦，我閉目養神，你有甚麼想説就隨便説。」

晞宇很久沒有在這個城市駕駛，但表現得泰然自若，以單手控制著軚盤，謹慎地留意馬路情況之餘，還開始講述他與爸爸的情況。

「我的嫲嫲是日本人，所以爸爸會説日文，而我也算有日本血統吧？爸爸是個麵包師傅，自小我就跟他學習，關係一直不錯，直至我決心去法國當學徒後，幾乎不理會家中一切，嫲嫲離世我沒有回來，就連母親病重我也無法照料，結果連她的最後一面都見不到。我爸沒表現出任何情緒，但我並沒有因此反省，反而更投入工作，與我爸很少再聯絡了，男人嘛，總是存在著一些言不由衷的隔膜。」

一直望著前方的晞宇，以為會得到一連串的回應或反問，但居然安靜得出奇，當他側頭回望時，致寶竟睡著了。

「也怪不得她。」

晞宇只是笑了笑，繼續專心駕駛，減慢了車速，好讓她安穩熟睡。

車子停泊在烘焙教室樓下。

「該叫醒她嗎？」

晞宇細看著致寶的五官，要不是已有計劃怎麼指導致寶的烘焙技術，他絕對會待她更溫柔體貼，況且她的無名指上戴著一枚婚戒，還是保持一些距離較好。他本來就不打算再與任何人留有太多羈絆，以免分別時太痛苦。

「喂！」晞宇突然大叫，以最不人道的方式嚇醒她。

致寶隨即驚醒，抹一抹嘴角：「喔？我在哪裡？」

「妳也太過分吧，還責怪我忘記妳的名字，在別人認真分享時睡著不是更無禮嗎？」

「……」

致寶無言以對。

「我只聽到他說嫲嫲是日本人。」

算是錯過了一個互相了解的好機會。

就在此刻，范延浚來電，由於致寶的手機連接著車內的系統，當延浚開口問：「老婆，今天順利嗎？我下班回到家了，妳何時回來？」

「……大概再過一小時吧，我回去時再致電你。」致寶想快點掛線。

「不用了，我專注工作，純粹擔心昨晚我表現太好，讓妳今天累透而已，小心駕車。」

延浚掛線，場面尷尬了幾秒後，晞宇輕聲說了句「喔，難怪」便解開安全帶先行下車。

至於，延浚那邊，一臉猜疑的他在家中來回踱步。

「到底她有否發現我的另一部手機，萬一她讀到裡面的對話就麻煩了，應該沒有吧？否則已經罵了我，只要她沒發現任何證據，就應該察覺不到我有事隱瞞……但她的態度好像比平時冷淡……」

又回到烘焙教室。

致寶仍因為延浚在通話提及房事而無法開口，也不敢直視任晞宇，倒過來是晞宇說個不停。

「為甚麼妳還要一小時才回去？我也想睡覺咯，別留在這裡吵著我吧。」

「都說過了，我本身一大清早來到烘焙教室就有很多事要忙，只是一直被你打擾。」

「被我打擾？」晞宇瞧了瞧致寶。

致寶嘗試與晞宇對眼，又秒速迴避。

「那請妳說明一下本來有甚麼事要做？」

「我為甚麼要告訴你？」致寶一方面出於賭氣，另一方面覺得*「對著這個甚具才能的男人總不能太退讓。」*

面對致寶的反問，晞宇的腦海立即回想起在酒吧與許嵐的承諾，她的聲音更像環迴立體聲響般隨著畫面浮現。

「條件是，你要培育致寶成為獨當一面的烘焙師。」

「獨當一面？短時間內沒可能，我不想給妳假承諾。」

「不是指技術，即是少了你、少了我、少了任何人在她的身邊，她都有堅持下去的決心及信念。」

到了這刻，晞宇依然感受到許嵐無比認真的嚴肅態度。

「好的。我會盡力，但努力只是基本要求，也要取決於她的天賦。」

「我對她有信心。」

致寶還以為自己的反問讓晞宇無法回應，走近了他一步。

晞宇終於再開口：「妳知道我的年紀嗎？」

「欸？我怎麼會知！」致寶的表情更為出奇。

晞宇：「三十歲了。」

致寶：「三十歲又怎樣？」

晞宇：「三十歲的男人怎能夠白吃白喝白住呢？或許我也能為這裡幫一點忙，出一分力。」

致寶：「欸……任先生……依你的能力用上『或許』這個詞語也未免太謙虛吧。」

晞宇：「在這個空間裡，妳就不要理會我在外面所發生的事，把我當成一個來與妳共同努力的人好了，但當然希望妳會盡力。」

性格高傲冷漠的人居然有著這股重視自己夢想的熱心，致寶也不再尷尬、害羞，而是出於答謝及感激而點一點頭，望著晞宇。

「那請你多多指教。」

還好是經過大半天的相處才聽到這番話，眼前的人是確實存在，否則致寶會以為自己置身於夢中。

兩人之間的氣氛柔和起來，就如輕鬆曲調的背景音樂。

致寶：「本來我打算今天要決定好烘焙教室的設計，我已經有方向了。」

晞宇：「喔？是怎樣的？可以跟我分享嗎？」

致寶：「等等，我早已用一個設計程式畫了出來。」

致寶拿出手機後，開了一張立體設計圖，專注地講解：「整個烘焙教室分成三大區，一是放置爐具用品、二是研集區、三是讓大家品嚐成果，聊天交流的休閒區。」

「合理。」晞宇點點頭，指著圖中一角：「喔，這裡變成了我的睡房，真不好意思呢。」

致寶再說：「整個環境則以綠色為主，我喜歡郊外，希望來到的人有置身於大自然般舒適，然後……」

晞宇認真的一直點頭，狀似沉思，致寶分不清到底是自己的構想確實出色，還是他這個人總喜歡以最專注的態度聆聽別人的一字一句。

「他似乎也很尊重我的想法。」

致寶說畢後，竟像演講後般鬆了口氣。無論如何，她都從晞宇的肯定之中獲得信心。

「預計完工日期？」晞宇問。

「大概一個月？」

「兩星期吧，妳把圖片傳給我，我會完成的。」晞宇猜測到致寶心中的疑問，預判著回答：「當然妳不是坐享共成，佈置、用具及雜物則由妳決定，這樣妳同意嗎？」

「實在太好了，謝謝你。」致寶內心激動，當初還擔心該怎麼將設計圖實現。

晞宇雖然是個烘焙專家，但初到法國時，並不是一下子就在巴黎的大餐廳擔任學徒，而是因為父親身邊有位麵包師傅移居到尼斯，當時十九歲的他隨著那位師傅出國開荒及學習，過程簡直是將一間可以用頹垣敗瓦來形容的店舖大翻身，而那間現在成為尼斯著名甜品店的雛形，就是由晞宇親自設計及裝潢。

「親力親為，由自己完成比較有成功感。」

晞宇至今仍抱持著這份信念。

晚上七時多，致寶也該回家。

「普通人一年吃一次生日蛋糕，如果要用我造過的生日蛋糕來計算我的年齡，我應該有幾千歲了。」晞宇以一則輕鬆笑話作為道別的圓場：「所以妳在我的視角裡，就只是個熱血追夢的少女。有甚麼不懂的，隨便問我，第一次見面時我的確有點無禮，幸好沒嚇怕妳，很抱歉。」

晞宇四十五度鞠躬。

「不要緊的，你也好好休息，明天再見。」

兩人有禮及善意地道別後，致寶執拾著隨身物品，望到枱上那些從晞宇父親店裡取回來的材料。

「呃……忘了問他這些東西到底是甚麼。」

致寶喃喃自語著，而晞宇已經回到他的「房間」了。

「算了，我自己查一查吧。」

致寶用手機對著那些材料拍了幾張照片後離去，關門的一刻，致寶的心裡湧現一份莫名的感動。

「我一定會盡力的。」

咕嚕…咕嚕……

晞宇的肚子餓得作響，待致寶走後，他也離開了烘焙教室到附近閒逛，但主要目標不是買飯。

「幸好果然有五金店。」

他走進店內，拿出手機詢問老闆：「你好，想要這款綠色的油漆，要絲毫準確，不能有半點偏差。」

「稍等。」從老闆板著臉的表情來看，他對晞宇的無禮而不爽，卻又因著晞宇嚴肅認真的氣場而不敢怠慢這個客人。

幾分鐘後，老闆從一堆油罐中取了好幾款放到晞宇面前。

其中有一罐是經驗老到的老闆的心水，只是他為避免負上責任，就不作決定了。

「綠色的油漆全在這裡了，你自己選。」

普通人憑肉眼觀察，幾款綠色其實都一樣，也與致寶心目中的近乎無偏差，但晞宇追求百分百準確，對比之下終於選了其中一款。

「要這罐吧，謝謝，還有給我幾把油刷及手套。」

完成交易後，老闆再次打量著晞宇，心裡佩服他的眼光。

「他真的懂。」

晞宇回到烘焙教室，扒了幾口飯，準備好一切便打開了油漆罐。

晞宇蹲在最大那幅牆的一角。

「好了，就從這裡開始。」

綠色的油漆一片一片填滿在牆上，烘焙教室外的夜空漸漸迎接耀眼的太陽。

「這樣的話，我的失眠問題就變得更有意義。」

毫無睡意的晞宇，對眼前的成品非常稱心滿意，也想像著致寶的反應。

「她看到後也會驚喜吧。」

【第四章】奶油捲麵包

翌日清晨。

烘焙教室正式開始裝潢的第二天。

致寶又在七時正起床，因著夢想的拼勁而精神飽滿。

「身心都似乎適應了這種生活規律，太好了。」

睡在她旁邊的延浚正面朝上，戴著眼罩，手腳直伸，以工整的睡姿躺著。

致寶以特工般的輕盈身手走下床，避免弄醒延浚，不過延浚卻開口：「早晨，不用怕吵醒我，我昨晚失眠，一直睡不著。」

「那麼……你不起床嗎？」致寶望著延浚的眼罩。

延浚：「距離我的起床時間還有一小時……不，59分鐘才對，閉目也可以視為休息，人生的規律不容許被打破，否則明天、後天、大後天也因而改變就糟糕了。」

致寶：「你起床時我應該走了，你自己吃早餐吧。」

延浚：「放心，我已準備好一個月份量的營養奶粉，不會影響我的出門時間。」

致寶：「好⋯⋯」

致寶踏出房間一刻，回身望向延浚仍然動也不動的身體，表情感慨。

「為甚麼有種想盡快逃離的感覺？」

這份生厭的感覺，不只有這刻湧現，昨晚致寶離開烘焙教室後，回到停車場的一刻，她決定待在車裡多一會兒，不想立即回家，享受著仍是屬於自己的喘息時間。

難怪男人說，車子是不可或缺的私人空間。

但對致寶來說，除了廚房、車，現在還多了一間烘焙教室。

梳洗過後，照著鏡子，致寶覺得自己比昨天更容光煥發。

準備出門之際，她收到了許嵐的訊息。

【陪我吃早餐，順道商討烘焙教室的事。】

【哪間酒店？我現在過來。】

除了丈夫之外，致寶第二熟悉的就是許嵐的生活習慣與態度。

烘焙教室的休息室裡，任晞宇做完善後工作，只能勉強入睡一會。他睜開雙眼後查看手機的時鐘。

「睡了一個多小時，已經很好了……」

對他來說，長期處於高壓及忙碌的生活狀況，早已練成無視疲倦的體質。平常在巴黎除了監管著廚房，還有接二連三的會議、研發新款甜品、改良食譜，以及最讓他頭痛的商業宣傳及營運等等……

其實，除了烘焙以外，大部分工作都不是晞宇所擅長的，儘管公關公司及傳媒將他塑造成一個年輕有為的出色烘焙師及企業家，同時憑著他的俊朗外表及洋溢的才華，導致別人認為他全憑天賦的優秀條件而成功，彷似光是他的一呼一吸，奇蹟就會誕生似的，所有人都忽略了他獨自在漆黑中清醒的努力及堅毅，也沒有人探究他內心深處的苦澀及孤獨。

至少，他十九歲出國時，從沒想像過自己能擁有獲得世界賞識的成就。有種說法是，忙著忙著就會捱得過。他咬著牙關拼下去，一拼就十一年了。

期間，他無法跟任何人說句我很痛苦，自知活在幸運與幸福之中，任何抱怨，別人都不會真正同情，甚至會在背後揶揄，所以只能繼續在成功的路上孤獨探戈。

生活於巴黎看似浪漫，但無論是「接受採訪後」、「跟各間餐廳的股東開會後」或是「留到最後打點廚房事宜」，他的身影都是沉重寡鬱。

沒有閒雜人的喧鬧，獨自一人的烘焙教室，反而讓他感到自在。

不願無所事事躺著的晞宇，穿上了跑鞋，目標是十公里，儘管沿途的風景不再是塞納河。

致寶的副駕駛座擺放著一疊烘焙書籍，其中幾本就是晞宇的著作，她打算放在烘焙教室內供人閱讀。

許嵐早已坐在酒店的餐廳內，枱上放滿各種食物。致寶走進餐廳，許嵐揚手示意。

「發生甚麼事？」致寶看到滿枱食物：「妳放棄身材管理嗎？」

「沒需要管，我長不胖。」許嵐吃著煙肉、炒蛋、香腸，還有牛角包：「自助早餐當然要隨意吃。」

致寶心知事實並非如許嵐所講，她只有在心情不悅時才會大吃特吃。

「昨晚有男人陪妳嗎？」致寶再問。

「妳太有偏見了，為甚麼一定要男人呢？」許嵐又吃著雲呢拿雪糕，餵了致寶一口再說：「被麻煩的人糾纏著，只想自己一個清靜一下。」

許嵐暗指在醫院碰見的男醫生，但致寶不知道他的存在，正確來說，她完全不認識許嵐所有輪換得比日月交替更頻密的男伴，這麼多年來許嵐也沒有一個穩定交往的真命天子。

所以致寶至今仍猜疑任晞宇是否許嵐的其中一個男伴，為了解開迷思，致寶帶入話題。

「不是商討烘焙教室的事情嗎？關於任晞宇？」

「妳跟他相處得怎麼樣？我警告過他要盡力幫助妳。」

「他比我想像中親切，沒有了第一次見面時的冷漠態度。」致寶不會透露有關晞宇腹肌的事：「真的意想不到，跟他獨處時他像變了另一個人。」

許嵐終於暫停了進食，神情回復凝重及以專業態度開口：「他知道自己是個可以忽然拋下一切離開，跟任何人都可以斷絕來往的人，所以一開始總是跟所有人保持距離，這是他性格的缺點。」

「那麼，他對我好是否一件出奇的事？」

「妳以為他是平白無故幫妳嗎？」

「不是受妳威脅嗎？」致寶不知不覺也一口接一口的吃著枱面上的食物。

「雖然我優點很多，但沒有厲害到可以情緒勒索一個國際知名烘焙師。」

「別跟我說因為妳跟他睡過……」

「欸？對妳有甚麼影響嗎？」

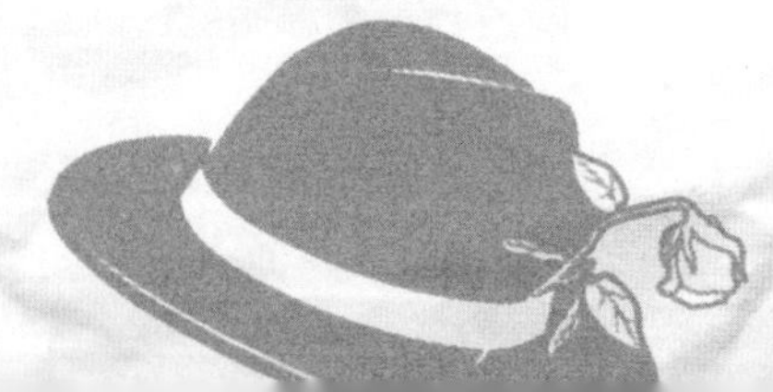

許嵐離開了座位，倒了兩杯咖啡回來。

「我要生氣了！妳把我想得這麼隨便！」許嵐換了撒嬌模式。

她的內心當然沒有生最好朋友的氣，兩人之間不存在禁忌話題。

致寶：「只是……如果身邊的人跟妳發生過關係，感覺怪怪的，不敢想像你們纏綿時的畫面。」

許嵐：「的確，我們有過差點睡在一起的機會，但最後沒有，任晞宇……他是我的第一位病人。」

致寶：「喔，病人……？」

致寶也咬著一件餐包，聽著許嵐講述為何任晞宇會成為她的病人。

「事情起源，是在大學時期了，我有一位室友，樣子可愛甜美，頗受男生歡迎卻很純情。有晚她哭得厲害，幾乎要尋死，吵得我無法專注溫習，我忍不住問她發生甚麼事，她說相愛三年的初戀男友突然要出國，無論怎麼挽回也要分手，說要以後斷絕來往，從此銷聲匿跡般。

那個戀愛腦的小女生當然無法接受，而且對方是斷崖式的即晚走到法國……

無可奈何之下，為了不讓命案發生，也讓我可以專心溫習，我查到飛往法國的航班還有數小時才起飛，便拉著她坐著計程車到機場碰碰運氣。她在車上還一直嚷著:『不如說我懷孕了，騙他留下嗎？』我一直罵她不要做任何蠢事。」

「那個男生是任晞宇嗎？」晞致寶在心裡問，但不用猜都知道一定是，問出口也一樣蠢，還是繼續聽下去。

「到了機場，我們分開找，她就像偶像劇般，跑遍了整個機場，最終……」

許嵐又想喝咖啡，致寶忍不住取走枱上的咖啡杯，罵許嵐:「妳先說完再喝！」

許嵐續說:「最終……都找不到，反而我懶得跑動，留守在出境的位置，憑著照片發現了任晞宇的出現，旁邊站著一家人，正因不捨而哭泣地分別。奇怪的是任晞宇像個外人冷冰冰地望著同行的人，於是我上前問:『喂，你是谷雅莉的男朋友嗎？』，然後他嚇了一跳問我是誰，我答你女朋友哭鬧著正在找你，他立即緊張得把我拉到轉角的隱蔽處，我說她在另一邊，沒這麼快找到來。」

許嵐真的忍不住要喘一口氣，平常都是她聆聽別人訴苦較多。

「任晞宇拜託我現在真的沒空閒上演任何哭鬧劇情，無論怎樣他都會離開，請我不要告訴谷雅莉，就當找不到他吧。我理應要站在室友一方的，但我也討厭看到拉拉扯扯的場面，任何分別都應該要乾脆，長痛不如短痛，所以我基於理性分析，就讓事情就此終結，這是對雙方、整家人、甚至整個機場都是

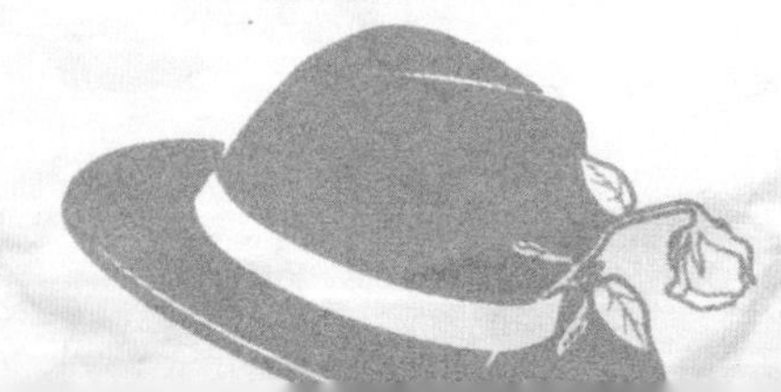

最圓滿的結局。

但任晞宇主動留下了他的聯絡方法給我，拜托我好好安慰谷雅莉，事後跟他講述一下她的情況。

我目送著他離境，然後跟谷雅莉説沒找到她的男友，陪她再白等一段時間後回程。往後這麼多年來，任晞宇會跟我聊天，與我分享他情緒上的問題。妳知道我不會跟太熟悉的人發生床上關係，所以我們就保持著他單方面跟我傾訴的關係。」

致寶將咖啡遞回給許嵐：「那麼⋯⋯任晞宇算是個無情的渣男嗎？」

許嵐深吸口氣：「後來谷雅莉哭得厲害，吵得我三天沒法睡好覺，但過了一星期多便認識了一位男學長，又胖又醜的但他們又相處得幸福快樂，畢業後兩年便結婚，還生了個男孩。」

終於聽完了事情始未，致寶沉思著。

「想不到任晞宇一直過得那麼苦。」

許嵐打破了致寶對晞宇的共情：「欸！怎麼整個早餐都在講任晞宇的事，明明要跟妳商討烘焙教室的事，我昨天去了間醫院，有個想法⋯⋯」

致寶與許嵐，兩個由兒時相識的玩伴，這麼多年來，每次見面時還是聊過不停，侍應們不停回收她們吃完食物的碟子，直至許嵐要與病人會診，兩人才離開餐廳，許嵐回到酒店房梳洗，致寶則駕車回烘焙教室，坐上車子時才察覺自己吃得太飽。

「嗯……這間酒店的奶油捲麵包味道不錯，但相信我做的比較好吃。」

延浚在八時正便立即踢開被子起床，站在落地玻璃前，望著藍天，做了十分鐘晨操後梳洗，喝了一包營養奶粉便換上筆挺的西裝。延浚雖不是個標緻的美男子，但也五官端正，斯文大方的打扮，有著事業型男人的魅力。

「明明身體狀況不錯，為何昨晚會失眠？難道藏着秘密的人都無法睡得安寧？」

等候電梯期間，延浚為著不常遇到的失眠問題而沉思，就算電梯裡站著一位打扮性感的女生，由二十多樓到地面期間，他都沒看過一眼。

走在停車場裡，延浚拿出車匙對著跑車按了一下，為車門解鎖。

跑車旁邊已是空置，延浚開門上車也較為舒適，他對致寶駕駛的事已不再著緊，也在昨晚趁著致寶洗澡時溜到停車場取回另一部手機。

「以後還是放在公司比較安全。」

讓延浚內心糾結的除了他的秘密手機外，還有昨晚他坐上私家車時的直覺——

「有人調校過軚盤的高度……」

男人的第六感同樣敏銳。

「四十分鐘。」

完成十公里跑。

任晞宇望著手錶的計時，出了身汗，心情莫名變好。他望到附近有兩間麵包店，便緩步輕跑過去，讓身體逐步回復平靜。

一間麵包店比較新式，主要售賣順應潮流推出的熱門麵包；而另一間比較舊式，稍為較好的形容是家庭式小店，所賣的款式不算多，而且只有一些最簡單，但價格相宜的傳統麵包。

在兩者之中，晞宇走進了舊式麵包店。收銀嬸嬸毫不在意他的美貌。

他拿著夾子及托盤，選了一件奶油捲麵包。

「六元。」嬸嬸熟手的將麵包放到小袋子裡。

晞宇走出門口後，咬了一口。

「溫馨的熟悉感。」

味道比不上他親手做的，這點是毋庸置疑，但對從前仍是小學生的他來說，這是他最喜歡的早餐了。

晞宇再咬一口，已把整個麵包吃掉，感覺意猶未盡。

「腿部的活動夠了，也該運用一下雙手。」

晞宇想著烘焙教室枱上的材料，又再跑起來，步速比剛才還要快。

殷致寶、范延淩、許嵐、任晞宇，每個人都按著自己的步伐行事，內心都有著自知的追求與難堪。

許嵐步出酒店的一刻，被一把男聲叫住。

「許嵐！」

許嵐停下腳步，回身一望。

是醫院的男醫生。

「高賀晨……他是怎麼找到我……」

許嵐打算視而不見般不理會他就離開，男醫生卻走到許嵐面前。

男醫生散發著陽光氣息，清爽的短黑髮配著下顎線清晰的尖臉，單眼皮的英氣反襯出深情的表情。要不是有外表的加乘，突然冒現會讓人誤會為跟蹤狂，但站在酒店門口的職員直覺兩人相識，而且關係匪淺，所以沒有上前阻撓，只是靜靜的

微笑著觀看男醫生的求愛過程。

「妳打算以後都無視我嗎？」高賀晨純粹地問著，沒有任何拉扯動作。

「別煩我。」許嵐依然無情：「只是交往過一星期，你以為自己是誰？」

「我只是想跟妳好好聊一下，關心一下妳。」

「我不是你的病人，不用你的關心。」

「就只是一頓飯，我不為甚麼，只是想跟妳吃一頓飯。」

大多數的男人相約許嵐，都只為了肉體關係，而許嵐的情場宗旨是不作任何約會，連逛街吃飯都省卻，直接在酒店碰面，以不動情為大前提。所以，高賀晨這個看似正常的要求，反而是許嵐最無法接受的事情。

「不可能。」許嵐冷漠地回應，戴起頭盔坐上了電單車，無情的疾駛而去。

「……」高賀晨停在原地，神色黯然。

致寶踏入烘焙教室的工廈，管理員如常以笑臉歡迎及替她開門，致寶禮貌上點點頭。

當她步出電梯，整個樓層都瀰漫著麵包香氣，並不是飄在空氣般的若有若無，而是讓人感覺置身於麵包堆之中，非常的濃郁及被勾起食慾。

「這裡還有另一間烘焙教室嗎？」

致寶一邊走著，一邊好奇的查探，然而就在她打開烘焙教室大門的一刻，時間彷彿停頓，整個世界定格了。

致寶的瞳孔也因為驚喜而放大。

「這是怎麼的一回事……」

烘焙教室一片綠海，完全按致寶的設計百分百呈現，簡直是她夢寐以求的理想國。

就連設備的擺位都被重新整理好。烤箱正在運作，散滿整層樓的麵包香，正源自裡頭幾個烤焗中的麵包。

在致寶被震攝得來不及反應時，穿著得乾淨俐落，梳洗過後的任晞宇，從房間裡走了出來，與致寶對望，一臉胸有成竹的自信笑容。

幾個畫面湊合起來，好比羅浮宮裡的名畫。

「早晨，妳回來了。」

晞宇的聲音將致寶從沉醉中拉回現實，但現實也是同樣美好。

「噓！別傻愣愣地站著，妳不進來嗎？」

晞宇沒理會發呆的致寶，穿上了白色圍裙，戴上隔熱手套，走近烤箱，將一盤奶油捲麵包捧出來，放到枱上。

麵包的香氣湧現。

晞宇脫下手套，拿起一件麵包，誠懇的與致寶示意。

「妳要試吃嗎？」

致寶回過神來，跌跌撞撞的踏進了烘焙教室。

從晞宇手上取過麵包，她終於有機會品嚐到任晞宇親手造的麵包，感受那份被讚譽為「味蕾上的偉大藝術品」的功架。

「到底味道是怎樣呢？」

【第五章】
嚐一口約定

許嵐回到辦公室，思緒被突然出現的高賀晨擾亂，不停整理枱面及書櫃的雜物來平伏心情。

「總有些暈船的男人，真的受不了，看來又要換另一間酒店了……」

許嵐稍一分神，一本又厚又重的學術書籍，從書櫃裡掉下，差點擲到她的頭上。

公關公司的黃思美小姐來電，許嵐一邊撿起地上的書一邊接聽。

「許博士，現在有空聊幾句嗎？事情有點趕急……」

「妳說吧。」

「上次妳探訪的小朋友情況突然變差，醫生原本估計他餘命半年，但現在恐怕只剩一個多月……所以我們上次承諾他的生日派對，不知道能否提前執行呢？」

「真遺憾……病情進展是無法估計的，小朋友也無法控制，我會盡力去實現他的願望，放心。」

「妳人太好了，不過……暫時最大的難題是小朋友要一直留醫，已無辦法外出了，但不清楚院方那邊能否配合，根據以往經驗，院方通常都會拒絕……」

「讓我出面試試吧。」

「有勞許博士了，有甚麼新消息再互相聯絡，那我不打擾妳工作了。」

掛線後，許嵐的心情掉到最低點，但不讓情緒主導的她深吸口氣，構想了幾個方案後，選擇了一個最直接、最有效、最功利的辦法。

她解鎖了高賀晨的對話，輸入了一句訊息，然後關上書櫃的門。

【今晚見？】

一直被許嵐已讀不回還封鎖了的高賀晨，從手術室出來後，收到她的訊息。

高賀晨回覆時笑起來，左邊臉有深邃的酒窩。

【可以！時間、地點？】

【酒店的咖啡廳，八時正，別遲到。】

【好。】

兩個人的對答依舊乾脆俐落，其實，高賀晨從來都不是個死纏爛打的人，只是他有著無法捨棄許嵐的理由。

任晞宇打開烤箱，取了一件奶油捲麵包給致寶，像期待著嬰兒張開口般，看著致寶咬下他做的麵包。

致寶認真的品嚐著。

「怎麼好吃得這麼離譜，我是去了天堂嗎……」

沒誇張，假如晞宇沒有站在前方，致寶甚至會跳起舞來。長相一般的麵包，卻帶來人生有史以來最震撼的味蕾享受。本來她以為書本、傳媒以及廣告上關於任晞宇的盛譽都是過於美化的修飾，如今親口品嚐過，才知道全是事實，所有讚賞的字句都無法準確形容當中的滿足。

「這……還只是最普通的一款麵包，想像不到吃到其他更精心炮製的甜品時，到底會有多幸福。」

致寶極力忍著內心的興奮，裝作平淡地說句了：「嗯，味道還好。」

晞宇看穿了她按捺不住的模樣，配合地回應：「可惜喔，只是還好而已，妳的要求真高。」

致寶停止了咀嚼，腦海浮現起與爸爸一起做麵包的日子。

「稍等……怎麼會有熟悉的味道？」

致寶問：「可以再吃一件嗎？」

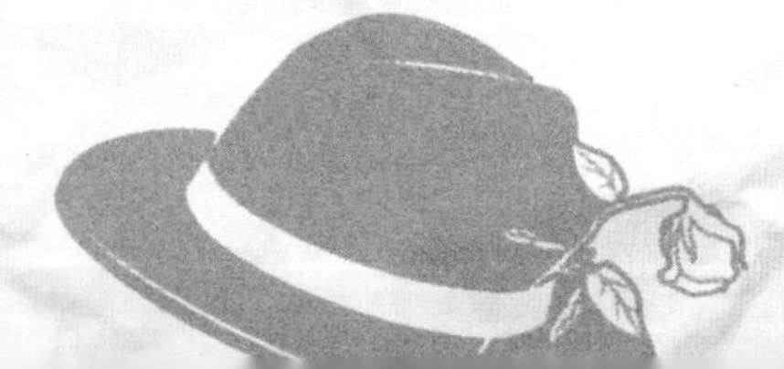

果然，吃到最後時隱約有兒時偷吃出爐麵包的味道。

晞宇留意到致寶詫異的神情：「沒事嘛？」

該怎麼解釋好呢……致寶自己都不清楚心底的感動及回憶為何會湧現。

致寶：「很抱歉，我有個無禮的請求……」

晞宇：「妳說吧。」

致寶：「可以即場看你做一次這個麵包嗎？」

致寶與晞宇面對面的站著，身高只去到晞宇的胸口。

「要我即場做麵包？妳以為自己在餐廳進食會有廚師即場表演嗎？」雖然面對著致寶的無理要求，但晞宇被她焦急得熱淚盈眶的樣子打動，她必然有著說不出的苦衷，補充了一句：「我答應妳。」

「謝謝，那我站到一旁，不打擾你。」致寶向後退去。

「只是做一個麵包而已，又不是甚麼要冒著生命危險的事。」晞宇拉著致寶的手，將另一件圍裙放到她手上：「妳幫我。」

不到半秒時間，晞宇續說：「別發呆呀！」

致寶穿上了圍裙，任晞宇專注地整理著材料，氣氛突然一下子凝重起來。

延浚辦公室內。

男助理跟延浚報告著行程。

「下午我們就要出發到深圳與魏總開會，雖然是臨時通知，但我已經做好活動策劃的簡報了，你看一看。」

延浚將男助理遞上的簡報擱在一邊。

「魏總啊……想起要見他就已經頭痛了……跟他談生意不用簡報，陪他打哥爾夫球喝喝酒就行，你酒量好嗎？」

男助理點點頭：「酒對我來説像水一樣。」

延浚：「你知道上一個助理為甚麼會辭職嗎？正正是陪我應酬過魏總一次。」

男助理面有難色，與延浚再交代一些公事上的細節便轉身離開。

延浚若有所思的望著手機螢幕，打開了與致寶的對話視窗。

「唔……平常她都會跟我分享在超級市場買到甚麼特價貨品、吃了甚麼下午茶、空中瑜伽有多好玩……但自從成立烘焙教室後，就再沒有煩著我聊天了，整個早上都沒找過我，我該慶幸嗎？」

延浚本來想通知致寶自己臨時要去開會，但此時收到智能手錶的提示，已經坐著三十分鐘，是時候站立一下。

「喔！喔！」

他立即放下手機，動起身子來，閉上眼睛深呼吸，耍了幾下太極。外邊的男助理竊笑，拍下這個滑稽的畫面。

任晞宇捲著麵糰，奶油捲麵包已經成形。

致寶一直屏住氣息，跟著晞宇做，勉強跟得上步驟，但成品明顯相差很遠。等待發酵期間，她終於有喘口氣的空閒，心情也較安定，主動打破一直的沉默。

「其實，昨晚我走之前，已拍下了在你爸爸店舖所帶回來的東西，逐一查看後，大部分都是坊間較貴的材料，就只有這一包完全沒找到任何資料。」

致寶指著一包麵粉。

「這是你的獨有配方嗎？」

「猜對了一半。」晞宇拿起那包麵粉：「是由我嫲嫲在日本的親人所研發及種植，並沒有對外發售，以前只供應給我爸爸和他幾位同行，就連我也沒帶去法國，所以妳在這裡嚐到的味道就是這間烘焙教室的期間限定。」

「但我小時候有段時間都吃過。」致寶想了想：「不知道許嵐有沒有告訴你，我爸爸也是位麵包師傅。」

「她沒詳細提及過。」晞宇：「但我早已知道。」

「欸？」致寶不明所以，極為好奇。

「該不該現在告訴妳呢……」晞宇以捉弄致寶的口吻說：「但故事有點長……我怕妳沒耐性聽，不想妳中途又收到電話叫妳回家。」

「那麼……」

致寶拿出電話，留下一則錄音訊息：「我晚點回來，不用等我吃飯。」

延浚仍在耍太極拳，沒有回應。

「這樣可以了？」致寶得戚地反問。

「哦？故事又未至於要講數小時吧。」晞宇哭笑不得，靈機一觸：「妳想一起吃晚飯嗎？我下廚。」

「你不是只會做麵包和甜品嗎？」致寶察覺自己問了一條蠢問題，明明讀過晞宇的幾篇訪問，都曾提及過他在開設甜品店前曾在十多間餐廳打過工，當中更有幾間是米芝蓮級數，除了甜品外，一直沉浸在廚房裡，想必也一定有偷師學藝。

「我只是在做甜品上相對出色而已。」晞宇笑說：「那妳負責最後的烤焗工序吧，我去買食材，我也期待自己會煮甚麼，

妳有沒有特別要求或敏感嗎？」

「我甚麼都吃。」

「最好是啦。」

從晞宇雀躍期待的表情來看，似乎有關煮食的，都能讓他暫忘憂慮，或許只因在這個空間裡，他的付出是純粹的享受，不用顧及商業利益的壓力。

致寶聚精會神，百分百專注在烤箱裡的麵包，連手機都不敢望一眼。

「該煮甚麼好呢……」

身處於菜市場的晞宇，四周經過的太太們或檔攤阿姨無一不被他吸引，禁不住露出姨母笑，幻想著他是自己的丈夫或兒子，甚至是孫兒。

中西日意法德菜……都難不到晞宇，這裡的食材固然比不上法國般新鮮及多款式，但經過精心挑選後，他都買了一大堆滿意的東西，甚至比預期多，因為姨姨們禁不住送了不少給他。

「哎喲，你應該有健身吧，要多吃一點肉。」

「來！多吃點蔬菜，要是你生病了阿姨心會痛。」

「你有女朋友嗎？要不要看看我女兒的照片，她很漂亮的。」

「不收你錢，但要你的電話號碼！」

如果晞宇每天都出現在菜市場中，這群阿姨們的幸福指數肯定會急升。

「……」

差點被摸遍全身的晞宇，趁著菜市場還未暴動前趕及逃出。

致寶仍在望著烤箱喃喃自語。

麵包正膨脹中，傳來一陣奶香。

「明明前陣子我還是個生活無聊的家庭主婦，現在竟穿著圍裙跟任晞宇一起做麵包，人生真的變幻莫測。」

時間夠了。

致寶取出烤盤，又一批奶油捲麵包排列整齊。

「哎……一看就知道哪些是經我手做的。」

明顯有幾個形狀及大小較為參差，在家裡自己品嚐的話尚算合格，但要擺在店鋪售賣恐怕太丟人現眼了。

好歹也是自己的心血，致寶以寬容的態度試嚐一口。

竟有驚喜！

「難道真是因為材料的分別？」

雖然怎樣也不及晞宇所做的，但比起她一直的「新手級」程度，撇除外觀，味道已提升了幾個層次。而且……還有那種熟悉感。致寶只是跟著晞宇做一次已有如此進步。

「想像不到如果一直待在他的身邊……」

「妳怎麼在偷笑！？」

致寶身後傳來晞宇的聲音，嚇了一嚇。

「很滿意自己的成品嗎？」晞宇放下剛買回來的食材：「享受得連我回來了都察覺不到。」

「你要不要試試？」致寶無奈地回應。

「還沒夠資格放進我的嘴巴裡。」雖然晞宇像是無禮，但卻是客觀事實。

「那……至少也評一下分吧？」致寶已習慣了他表面的冷傲，也不覺得自己被冒犯。

「零點一分。」晞宇懶理。

「這麼不給面子嗎？好歹你現在也是住在我的地方。」致寶還擊。

「從我手上不是取得負分，已經是給了妳最大的面子。」也是……有時晞宇對著他的下屬，甚至會大罵對方垃圾。

「哼……我一定會做出讓你想嚐一口的成品。」

兩人的對話你來我往，已經到了互相嘲諷對方的階段。對致寶來說，感情建立是源於她對任晞宇由衷的佩服；對晞宇來說，則是逃避壓力的輕鬆，以及他還未向致寶交待的巧合關係。

晞宇開始準備來得算早的晚餐，致寶望著他的背影，打算無論有多好吃，都會先評……

「零分。」

致寶趁著晞宇煮食期間，打掃及整理一下烘焙教室，好讓幾天後傢具送抵時有空間擺放。

將幾本從家中帶來的烘焙書放上茶几後，致寶走出了露台，感受著和暖的陽光，構想接下來要做的事。

「真的太幸運，這裡的設備全都正常運作，不用更換，省卻了不少錢。之後應該要制訂食譜及教材吧，這方面也要勞煩任晞宇了……」

出於好奇，致寶拿出手機，查看群眾對任晞宇有否任何評價，如常地瀏覽到一些稱讚後，原來亦有不少劣評報道，當中某些具權威性的評論如此說：「作品經過商業的洗禮後，已經欠缺生命力，創作力亦欠奉，只盲目追隨潮流，不斷只為擴張營業，沒有為甜點注入靈魂的甜品大師純粹是誇大的宣傳及品

牌效應，味道亦趨過譽。」

「這真的是在評論甜品嗎？還以為只分好吃與不好吃……真複雜。」

致寶並不了解餐廳之中存在著抹黑及競爭，凡事牽涉利益，都充滿著人性的陰暗，即使是單純一件為了讓人帶給快樂的甜品，也會為某些人帶來痛苦，任晞宇便是其中之一。

任晞宇亦有讀過這些評論，時間就在因為情緒崩潰而離開巴黎的前一天，他心中唯一的感想是……

「他們說得對……我這個人已經失去情感……！」

「這些是為了誰而做的甜品……？」

「身邊也沒有值得信任的人。」

除了當刻的崩潰，抑鬱及恐慌多次侵襲和蠶食任晞宇的內心，處於無人能夠理解的深淵，於是他只能夠逃離惡毒的世界，如果要說得動聽一點的話，是尋找新作品的靈感。

他也沒想過自己會逃到這間烘焙教室中，還找到了心靈的寄托之處，遇見或許值得信賴的靈魂。

任晞宇望了望殷致寶站在露台的背影。

她剛巧也以莫名的憐憫眼神回望室內。

兩人對視一刻，晞宇為免尷尬，隨意說了句：「妳覺得這裡會看到夕陽嗎？」

「甚麼？」致寶聽不清楚，走回室內：「你說要吃藥？你生病了？」

「……」晞宇將餸菜擺盤：「我說可以吃晚飯了。」

在前往深圳的房車上，延浚再次叮囑男助理：「等一下無論你有多難受都要頂著，魏總任何的無理要求你都要答應，他最愛面子，若然得失了他，便損失了生意額最大的客戶，牽一髮動全身，其他小公司都會有連鎖反應，到時真的要面臨倒閉……不懂反應的話，就拿起酒杯飲，嘻嘻嘻哈哈一笑置之，明白？」

「明白！老闆！」男助理心想，平常我對著你都是這樣……

房車抵達高爾夫球會所。

「走吧。」延浚揚手示意男助理下車，在會所門前停下腳步，深吸口氣，彷似要進入鬼城般難受。

「魏總你好！」與魏總寒暄了幾句，延浚便開始陪他打球，揮動球桿，將高爾夫球打到遠處。

是一記劃破天空的好球。

「糟糕……一時太落力了。」

旁邊以笑容藏著不爽的魏總：「小范，球技進步了喔，都不

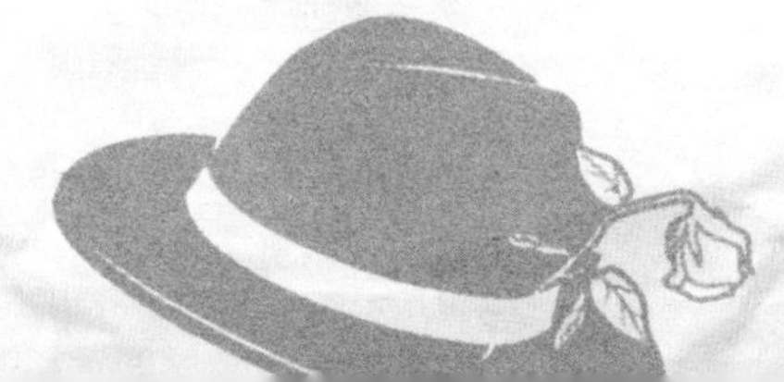

顧工作偷偷練球嗎？」

延浚連忙傻笑：「怎麼會呢！魏總！比起你還差得遠，我才要問你，是不是像你這種天才都不用練球呢！」

魏總大笑：「呵！呵！我也要落力練球了，就前幾天嘛，跟一個前國家隊冠軍比賽，結果輸了他幾桿，只怪運氣不夠好呢。」

延浚和應：「是的，天氣也有影響！」

魏總突然板著臉：「不過，我輸不起！心有不忿便一記球桿揮向他的後腦！」

魏總說話時，同樣以球桿揮向延浚⋯⋯不過在打到頭之前停下。

「說笑！說笑！」魏總改口。

「哈哈哈哈！」

「哈哈哈哈哈哈哈哈！！」

到了下一桿時，滿額大汗的延浚一時失手，將球打偏了，幾乎只留在原地。

全場又充斥著魏總的笑聲，其他人亦隨之而笑。

「今晚帶你去個好地方！」魏總拍拍延浚的後背：「比喝酒更好玩。」

「嘩……」

桌上放滿了任晞宇所煮的菜式，精緻小巧、顏色豐富，有些像分子料理，也有些像法國菜。致寶無法分清到底是哪個國家的烹調方式，但看著就足已讓人垂涎欲滴。

「就隨意煮，難吃的話別罵我。」晞宇總會在這些時候故作謙虛。

「你確認自己只是甜品大師嗎……」致寶依然驚訝，思考著該由哪一道菜開始吃起？

「如果有些更美觀的碗碟承載，外觀應該會更吸引。」晞宇反思著。

*「拜托！還在理會外觀！我只想快點吃一口！」*致寶心想，選了其中一款。

本來要反擊給予零分，但被美食刺激的味蕾驅使致寶無法說出違背良心的假話，甚至好吃得連一句話都說不出來。

「吃慢點吧。」晞宇眯起雙眼：「我們有那麼熟悉嗎，妳顧一顧儀態……」

*「真有這麼好吃？」*晞宇也品嚐著花了近兩小時準備的悉心傑作。

「明明與那些米芝蓮大師傅還相差很遠啊……」

晞宇望出露台，面露喜悅，放下雙筷。

「喔！」

晞宇動身走出露台。

依然在吃飯的致寶再夾一道菜，好奇晞宇在搞甚麼，一看之下，差點嗆到。

這是甚麼色、香、味、美俱備的養眼畫面。

一整片的夕陽餘暉倒映在任晞宇的側臉，當他回眸，彷似將落日天際的霞光留在笑臉，以眼神誘惑你的目光，停住黃昏的短暫。

日落後的漆黑預示放縱狂歡。

魏總帶著延浚、男助理以及同行的一團人，走到一間私人會所，守門人從遠處望到魏總就恭敬地開門。

延浚跟男助理細語：「記得我跟你說過甚麼。」

男助理：「萬一發生甚麼事，舉杯暢飲，放心，我不會連累公司的，魏總要我吃屎我都笑著吃。」

延浚點點頭，為著男助理的懂事而感到安慰，但同時回想起上次跟魏總應酬，儘管平日視養生如法則也要豁出去，結果回家後辛苦得要去醫院檢查，幾乎送命，但是……

「為了賺錢，也要硬著頭皮。」

枱面已放著不同種類的煙酒及雪茄，魏總那邊的人持續將酒倒進杯子裡。

延浚識趣的先拿起一杯：「魏總，我先飲為敬！」

延浚逐一跟在場的人碰杯，被魏總猛灌酒，臉紅得像要爆開。

半醉的魏總跟身邊的助手嚷著：「叫她們進來！」

任晞宇清洗著兩人用過的碗碟。

「妳喝啤酒嗎？」他問吃得滿足致極的致寶。

致寶已經很久沒喝過啤酒，她對酒類沒甚麼特別要求，純粹想起家中的酒櫃，延浚經常買些貴價的紅酒及白酒，反而他在場的話，恐防會批評一句：「這麼廉價的酒精，不值得消費我的健康。」

「可以。喝一罐吧。」致寶答。

「妳說得像我要灌醉妳般。」晞宇隨意從冰箱取出兩罐啤酒，走出露台，回身跟致寶說：「過來吧。」

致寶與晞宇靠在露台，望著前方的山景，偶有涼風。

晞宇以修長的手指拉開啤酒的環蓋，遞給致寶：「覺得這裡是烘焙教室最寫意的地方，在這裡喝酒、吃甜品、聊聊天感覺很舒適。」

「參觀單位的第一天，我也是這樣想！」致寶：「我想在這裡放一張木製的長枱和櫈子，背面鋪一些燈飾。」

晞宇：「說起來，距離開張還有很多事情要準備，妳心急嗎？」

「我又不趕著賺錢。」致寶：「這純粹是我的夢想，吖！我們忘了乾杯！」

兩人的啤酒罐碰了碰，晞宇：「自小的夢想嗎？」

致寶喝了口酒，收起笑臉，嘆氣搖頭：「不，在我爸爸過世之後。」

晞宇沉重地回應：「我認識妳爸爸。」

「你認識我爸爸？怎麼會！」致寶要求晞宇快點解釋：「這就是你本來要告訴我的故事？」

晞宇點點頭。

魏總正在忘我高歌。

會所的門被打開，一群打扮艷麗性感的女士逐一進來，一字排開在眾人面前。

「隨便選一個！」魏總右手放下咪高峰，左手舉起酒杯：「不用跟我客氣！」

每個陪酒的女士都身材姣好，男助理已有所選，延浚嚥下口水，遲遲未決定，每個人的旁邊都已經一對一、一對二的配對著，唯獨延浚雙手握拳，低頭沒說話，幾乎閉上眼睛。男助理拍一拍他，才得知魏總正跟他說話。

「怎麼了？不合心水？小范，你的要求這麼高喔？」魏總左右逢源，摟著兩位女生。

「不是……我已經很累了，一個人就可以了。」延浚回應。

魏總：「我叫來的女生有這麼差嗎？沒一個看得上眼？那即是怪我怠慢不周了！是吧，小范？」

延浚：「不……絕對不是。」

幾乎在場所有人，包括男助理，都已經沉醉在色慾之中，部分人已不是牽手親嘴那麼純情了。

魏總：「每個人都高高興興，就只有你在找麻煩，這麼不

可靠怎能將生意交給你呢？我要你現在選一個，就像大家一樣嘛，在這裡即場來一發！我立即簽約！」

延浚：「……」

魏總不耐煩的等著延浚開口。

「我已經結婚了。」延浚低聲下氣：「這超過我的底線。」

已經完事正在休息的男人們，對延浚的解釋不禁驚訝。

「你在說笑嘛……？」

「嘖！裝甚麼好男人！」

「又沒有人會告訴你老婆。」

延浚摸著他無名指上的婚戒：「對不起，如果要我背著老婆亂來，這生意，我不談了。魏總，相信我的公司有一定實力，假如雙方無法合作，損失的或許不只我這一方。」

延浚說畢，向男助理示意離去，但被拒絕再加上被威脅的魏總，生氣到極點，命令其中幾個身材魁梧的助手擋在門口。

延浚：「魏總，我不求合作了，離開也不可以嗎？」

魏總在枱上拿起了一個酒杯，倒了杯裡的酒，然後脫下褲子……

某些人轉身不看，某些陪酒女士則互相細語，期待著會發生甚麼事。

杯子逐漸被尿液注滿，就如啤酒般。

「……」延浚也看得發呆。

魏總已穿回褲子：「今晚的事，你把這杯喝完，我就放你們走。」

全部人的目光都集中在延浚身上，延浚凝視著枱上那杯尿，男助理慌張得不敢作聲或反抗，心想：*「真不知道這蠢人在想甚麼，本來有免費女人享用，明明是一件爽事，現在卻弄得一團糟，還連累了我……」*

魏總：「怎樣？又不給我面子嗎？那我叫人動手嚕。」

任晞宇開始解釋一段往事。

「跟妳說過，我爸爸有幾位同樣做麵包師傅的朋友，其中關係最好的就是妳爸爸。我自小學習烘焙時，殷師傅亦教導了我不少技巧與心得，當初我猶豫著該不該去法國時，他也大力支持。

我爸當然想我子承父業，反對我離開家裡，甚至經濟封鎖，而殷師傅偷偷塞了一筆錢給我，我才有機會實現夢想，但我爸知道他在暗中幫我，氣得以後都不再為殷師傅供應麵粉，兩個感情好得像兄弟的大男人，就因為我離家出走而反目。

有段日子，殷師傅的麵包店倒閉了，我猜妳應該知道？當時我的事業開始順利，我邀請了他來法國幫我，那段日子他為我提供了不少寶貴意見，而且他所做的甜品不比我差。本來是可以留在法國發展，但他還是決定回去，表面上說不習慣外國生活，但我覺得他是不捨得離開妳吧。」

致寶：「我記得有段時間無法聯絡他，當時我剛投身社會工作，也懶理他的事，我還怪責他是否又去了哪裡找女人……只有小時候到中學階段，我才會到麵包店幫忙，後來一直都看不起麵包店的營運……不懂他為何要為這種小生意弄得自己這麼累，根本就等著被其他創新的麵包店淘汰，直至長大後才體會到他的辛勞，明白到即使是一個簡單的麵包，對他來說就是一輩子的努力。」

晞宇回味過往而微笑：「他還怪責我只懂賣弄花巧，潮流帶動甚麼麵包甜品好賣，就盲目跟從，他真是個很有實力的師傅。」

致寶：「可惜他從未跟我提及。」

晞宇：「當然，他也不想妳像他一樣辛苦。」

致寶：「終究我也踏上了這條路。」

晞宇：「他知道後應該會很生氣吧，可能連我都一併教訓。」

致寶：「對了，那為甚麼我沒見過你！？」

晞宇：「只是妳沒留意送麵粉來的我吧！」

兩人同時望著漆黑的夜空，腦袋彷彿著湧現不同的回憶。

載滿尿的酒杯在前，男助理呆望著延浚。

「他不會真的喝吧……！？」

延浚緩緩地取過尿杯的一刻，男助理浮現延浚對他的再三叮囑。

「不懂反應的話，就拿起酒杯飲，嘻嘻嘻哈哈一笑置之。」

男助理內心難受起來。

延浚深吸口氣，沒再猶豫半秒便高舉「酒杯」，對著全場以最誠懇的笑容，高聲呼喊著：「對不起！影響了大家的興致，這杯酒，我敬你們每一位！」

咕嘟一聲，延浚一口氣喝下魏總的尿。

全場靜止。

延浚放下杯子，轉向魏總，卑微地將腰彎到最低向他鞠躬：「謝謝魏總一直跟我們合作。」抬起頭時再說，「我們可以走了嗎？」

魏總跟守門的助理示意走開，延浚與男助理急步離開，延

浚一直不作聲的走出會所門口，在路邊停下，一直嘔吐。

在旁邊的男助理遞上紙巾，苦心細語：「唉……純粹應酬，為甚麼要如此執著……」

延浚的腦海出現與致寶結婚時交換戒指的畫面，眼神堅定地回答男助理：「這是我對她的承諾，無論怎樣都不變。」

説畢，延浚再次痛苦地嘔吐著。

致寶了解完晞宇及爸爸的過去，禁不住問晞宇：「所以你因為要向我爸爸報恩，才教我烘焙？」

晞宇笑了笑：「妳知道甚麼是肌肉記憶嗎？」

致寶想也不用想便答：「憑著大腦意識而做出曾經不斷重複的動作。」

晞宇：「妳覺得我有今天的能力，是因為努力還是天賦？那個奶油捲麵包，我已經做了超過十萬個了。妳呢？」

致寶：「應該就只有五個吧，我還是個新手……」

晞宇的回憶裡，大概初中吧，當他送麵粉到殷師傅的店舖時，曾經目睹過致寶幫殷師傅做不同的麵包，每次她都按著殷師傅的教導而負責不同工序。每個出爐的麵包，其實致寶都有參與其中。

晞宇舉起啤酒罐，致寶有意識地與他再乾杯，晞宇喝完最後一口酒，微醺的向致寶說：「每次我去殷師傅的店舖，都會取一個麵包，所以其實我早就嚐過妳做的麵包了，我可以代殷師傅肯定的告訴妳，妳比我更有天賦。所以，努力吧，妳會完成夢想的。」

獲得晞宇肯定，致寶眼泛淚光地喝完酒，心裡傳來一陣窩心的微震感，同時又心酸起來。

「謝謝你。」

致寶在心裡想起，那個不懂直率表達情感的父親。

兩人返回烘焙教室內，致寶察覺弄丟了無名指上的婚戒，慌張了數秒，然後在做麵包的枱上找回來。

「幸好……否則回去又要被罵了，想起都煩厭……」

房車上，延浚習慣性的摸著手上的婚戒，車窗外的畫面是一片朦朧的風景。

此刻，乏力又痛苦的他只有一個想法。

「致寶今天過得好嗎？想快點回家……」

【第六章】

醫院的承諾

就在「致寶與晞宇共進晚餐」、「延浚與魏總會所衝突」的那一晚，還有一個人期待著緣分的眷顧。

高賀晨。

曾以為被許嵐拒於千里之外、被已讀不回、被封鎖的深情男子，與充滿陽光氣息的開朗外表有所反差。

兩人雖然在一場派對中認識，發生過一次肉體關係，並短暫交往過一星期，但更換伴侶有如日月更迭的許嵐，並沒有讓高賀晨在心中佔據任何位置。

滿心期待的高賀晨提早了半小時就坐在許嵐相約的咖啡廳裡。

「不知道她約我的理由，但能夠再見面已經足夠了。」

許嵐分秒沒差地準時推開咖啡廳的門，在她踏入咖啡廳一刻，守株待兔的高賀晨，立即起來，為許嵐拉開椅子。

「這個位置不是風口位，冷氣不會吹得妳頭痛。」

「我熱。」

「要不要換個較涼的位置？」

「你坐吧，話不要那麼多。」

「那……要吃甚麼嗎？」

高賀晨熱情地遞上餐牌，完全掩不住他的笑容，反而許嵐的態度則略為冷淡。

「我不餓。」許嵐吃了豐盛的早餐，飽肚感仍未散。

「怎麼可以不吃呢！點個沙律好嗎？」高賀晨想盡量延長見面時間。

「別替我作決定。」許嵐掃描著餐牌上的二維碼，按了幾下，再將電話遞給高賀晨。

*「還不是叫了沙律嘛。」*高賀晨低頭暗笑。

「快點呀，你還甚麼要選十分鐘？」許嵐罵道。

高賀晨露出潔白的牙齒燦爛地傻笑著，沒有直接回答。許嵐的出現，早已掃走了他一整天的不安與鬱悶。

「那我直入話題了。」許嵐：「我需要你幫忙，你應該知道你們醫院有位叫『徐子健』的病人。」

高賀晨聽到名字後，收起了笑容：「七歲，神經母細胞瘤，情況極不樂觀。他是妳親人或朋友的小孩？」

許嵐：「我與他的父母溝通過，他們本來希望為子健舉辦

一場生日派對，但如你所知，現在情況急轉直下，想改為在醫院慶祝可能是他……最後一次的生日。」

在如此稍為沉重的氛圍下，侍應首先送上了許嵐所點的凱撒沙律，然後是高賀晨所點的牛扒薯條、卡邦尼意粉、黑松露意大利飯……侍應還補充了一句：「要上甜品時，請提早十分鐘告訴我。」

「……」許嵐無語的望著滿枱食物。

「抱歉……我不知道話題會這麼沉重。」

「我不理你跟這些食物了，誠實的告訴我，要在醫院裡舉辦生日派對，可行嗎？」

「哎……」高賀晨沉思：「並非一定會被否決，之前也有過類似案例，但要配合的事情，實在太多。」

「我可以盡力配合，無論是行政上或是金錢上。」許嵐堅決：「只要可以實現到他的願望。」

或許過於悲傷，許嵐忽然頭痛，閉上眼休息了幾秒。

高賀晨見狀：「妳沒事吧？」

許嵐：「怎樣，你幫到我嗎？」

高賀晨：「我會盡力爭取，真的，妳知道我這個人絕不食言！」

許嵐：「我不會虧待你。」

許嵐取出了酒店房卡，遞向高賀晨：「你吃完甜品便上來吧。」

高賀晨擋住了她的手：「我有其他要求。」

「説來聽聽。」許嵐：「有甚麼癖好嗎？」

「有！」高賀晨以溫暖的笑容回應：「陪我吃甜品，然後去散步。」

許嵐心想：***「真是個怪人！」***

沒被拒絕，高賀晨揚手喊道：「請上甜品，勞煩了！」

整間咖啡廳都聽到他那帶著喜悦的聲線。

沿著咖啡廳外的海旁，許嵐與高賀晨並肩走著。

許嵐低著頭，偶爾望一望海邊，走了好一段路都沒有與高賀晨對視。她並不討厭這個男人，只是比起在床邊談情，這種瀰漫浪漫氛圍的時刻，明顯感到尷尬。

「他到底在想甚麼……」

善解人意的高賀晨了解許嵐表面上的倔強，也不強求與她聊天，靜靜的享受著在她身邊的難能可貴。

「好想與這個女人談戀愛……」

許嵐停下腳步，點燃了香煙：「你明知我的情況，無論再過多久，我都不會愛上你。」

高賀晨：「沒所謂，就算只能多見妳半晚，我都心滿意足。」

「……」許嵐呼出一口煙。

「明知道沒有結果。」高賀晨：「我也只想陪著妳。」

高賀晨搶走許嵐手上的香煙，大力的吸了一口，瞬間狂咳起來。

「不懂吸就別搶。」許嵐取出一支新香煙，結果整盒都被高賀晨搶走。

高賀晨：「警告妳，我很幼稚喔。」

這次輪到高賀晨走前了幾步：「我回醫院了，這盒煙以後再還妳。」

許嵐：「走得這麼突然？要值夜班嗎？」

高賀晨搖搖頭：「只是回醫院準備徐子健的資料，爭取多一分一秒也好，妳等我好消息喔。」

高賀晨揮手道別後，向前方奔跑著，又回身再揮了幾下手。

「這個人……真的說一不二，為了我而盡力。」

許嵐等到高賀晨在視線中消失後，望著漆黑一片的海，神情唏噓。

「拜托他一定要成功。」

致寶的家一片寧靜，她每朝早就去烘焙教室工作的改變，對經歷了七年婚姻的兩人來説，又再形成了無聲的默契。由致寶起床到出門的一刻，除了「早晨」與「再見」，再沒有多餘的對話。

延浚同樣準時起床、做早操、梳洗、喝營養奶粉便出門。被魏總羞辱的事，延浚只是默默承受，如沒發生過般，半點也沒跟致寶提及過。

回到辦公室後，延浚查看著股票價格，短期的一買一賣就賺了幾百元。

「是上天的補償嗎？」

哪怕只是用甚麼方法節省了幾元，延浚都會視之為驚世發現，自滿又自豪。

他忍不住傳了句訊息給致寶：【烘焙教室的裝潢就付錢請人做嘛！妳要當一位成功的老闆，就要懂得衡量時間與金錢成本。該放手的就放手，做事要果斷俐落，掌控時間而不是被忙碌支配。】

延浚還附上了一段充滿正能量、分享成功之道的影片。

這是設立烘焙教室的第三天，致寶正在擺放剛送到的傢具，停了下來，查看延浚訊息。

「*又講甚麼大道理……*」

鎖上手機，繼續佈置，已讀不回。

任晞宇的床褥同樣送抵烘焙教室，他正坐在房裡用紙筆寫著一些食譜。

手機仍然不斷收到各方傳來的訊息，但他依然毫不理會。

「請問范先生在嗎？」

正在專注做簡報的男助理，被一把女聲打擾。

回頭一望，是個打扮略為鮮艷的老太婆。

「*該不是來談生意吧。*」

男助理望到老太婆手上拿著湯壺，當他準備回應時……

「媽，怎麼突然過來了？」

延浚走到母親面前，扶著她的手臂，緩緩走進辦公室，坐下過後說：「我剛去了洗手間，來之前致電給我嘛」。

「我煲了湯。」范媽將湯壺放到辦公桌上，袋子裡還放有另一壺。

延浚打開湯壺。

范媽：「即興煲的，黃金南瓜栗子花膠雞湯，很足料，濃味到不得了。」

濃濃的黃金色讓延浚呆了一呆。

「……叫車送過來嘛，妳腳有事就別亂走，還有我不是說過了嗎，湯其實又肥膩又沒營養，妳就不要浪費心神煲了。」

范媽反駁：「哪有傷，我等一下還去跳社交舞呢。有益身心呀，有時候不是要補身而是補心，另一壺是給致寶的，被照料的感覺就是這壺湯最滋補的益處啊。你呀，有時間就多陪伴老婆，不然就出問題了。」

延浚扭回湯壺蓋：「沒任何問題，妳少擔心。」

范媽：「口講婚姻沒問題的人，往往只是單方面不察覺。」

男助理敲門，向范媽點點頭，再跟延浚報告：「已做好簡報了。」

「不妨礙你們工作了。」范媽識趣的站起來：「我也該去跳舞了。」

延浚送走母親後，再度查看著股票價格，相隔了半小時，竟直線下滑，剛才的盈利幾乎歸零……

但延浚滿不在乎，只把心神放在致寶那仍未回覆的對話視窗裡 。

「也該找時間參觀她的烘焙教室。」

延浚打開辦公桌的抽屜，取出了另一部手機，小心翼翼地開啟。

【嗨，很久沒聯絡。最近發生了很多事……】

男助理從座位望到延浚又再獨自傻笑，嘆了口氣：「公司環境都差成這樣子了，還不著緊找新客戶。」

「寫好了！」

晞宇合上一本經典紅黑款式的記事本，走出了房間。在他的行李箱裡，還有幾本一模一樣的記事本。

他走近正在組裝著一個小櫃子的致寶，滿不在乎地說：「殷致寶，妳拿著。」

明明已經稍為打開心扉，晞宇這個人總愛耍一輪高冷疏離的脾氣。

「這是甚麼？」

致寶翻閱著記事本，每掀一頁，雙目愈見發光。

這不是本普通食譜，簡直是一本大師級的甜品圖鑑，圖文並茂地描述著製作過程及心得。

晞宇打了個呵欠：「別以為看完便會做到，純粹是我睡不著時無聊畫一畫。」

圖鑑內只有十多頁內容，致寶翻到空白頁時，晞宇靠前解釋：「暫時只有十款，全都是最基本的挑戰，當我覺得妳及格了，才會替妳更新。」

「哦？那就像玩遊戲般，達成某個分數才能開通之後的關卡。」致寶有信心地説：「我會讓你填滿整本筆記本的。」

「哦。」晞宇一貫的冷淡：「等等。」

晞宇取回致寶手上的筆記本，在最前一頁裡簽名。

「送妳。」

致寶現在已有對策應對晞宇的自以為是，於是她把筆搶過來，也在同一頁上簽名。

「或許讓這本筆記本升值的人，是我。」以傲慢回敬傲慢。

晞宇冷笑一下後轉身返回房間，致寶再次細閱著接下來的挑戰。

筆記本上的十款麵包及甜品，包括：

一．可頌 Croissant

二. 巧克力面包 Pain au Chocolat

三. 法棍 baguette

四. 馬卡龍 Macaron

五. 可麗露 Canelé

六. 閃電泡芙 Éclair

七. 瑪德琳 Madeleine

八. 千層酥 Mille-feuille

九. 布列塔尼酥餅 Kouign-amann

十. 聖奧諾雷蛋糕 Saint-Honoré

目標清晰，讓致寶有了前行的方向。

上午時分。

穿著醫生袍的高賀晨，叩著院長辦公室的門，手執一份文件。

「請進。」門後傳來院長的沉實聲線。

高賀晨有禮的向院長半鞠躬。

「喔，高醫生，請坐！請坐！」院長一副和藹、可靠的模樣：「有事要跟我商討嗎？」

高賀晨坐下，遞上計劃書。

高賀晨在這間私家醫院裡算是數一數二的好醫生，他大可以直接口述他的提議，不過他的做事方式慣常是先以數據及邏輯進行說服，給予聆聽者信心，其後才以情動人。

完全不知道發生甚麼事的院長隨意揭著計劃書，望了幾眼，得知內容有關一位叫「徐子健」的病人，便不再深究，直接回應：「高醫生，你認為沒問題的話，就按照你的意思執行吧，只要是病人及家屬的意願，院方也沒理由拒絕。」

「院長放心，我會確保病人安全。」高賀晨：「謝謝。」

高賀晨想立即將好消息告訴許嵐。

「這麼順利實在太好，還以為院長會趁機要求我續約。」

待高賀晨走後，院長收起仁慈的笑容，早已在心中權衡利弊，這間以盈利為主的醫院，高賀晨是院中的明日之星，深受達官貴人歡迎，加上徐子健的父母都是位高權重的有錢人，站在院方的利益，若然事成，亦能提升醫院形象，萬一發生意外，經驗豐富的他亦有卸責的方法。

院長致電著相熟的傳媒及公關朋友。

高賀晨在一間私人病房前停下了腳步，輕力開門。

徐子健正在昏睡，臉色慘白，承受著存活率極低的病況，所有人都在與時間競賽，而子健在這間病房正渡過著頭痛得掉淚，祈禱能活下去的日子。

高賀晨審視過子健的病歷，即使醫學有多昌明，技術有多精湛，頂尖級數的高賀晨都只能低頭屈服。

「大概真的是他最後一次過生日了……子健，上天或許不聽你的禱告，但我會實現你的願望。」

高賀晨離開病房，跟子健的主診醫生商討生日派對細節後，立即致電許嵐。

另一邊。

正在會診的許嵐，見到高賀晨來電，罕有地帶少許不專業的打斷了病人的剖白。

「不好意思。」

沒辦法，這則通話實在太重要了。

許嵐戰戰兢兢地按下接聽鍵，閉上眼睛，千萬個祈求拜托……

幸好，電話另一頭以溫暖聲線，傳來好消息。

「答應過妳的，我做到了。」

許嵐急步跑往停車場，同時與致寶通話。

「妳在烘焙教室嗎？」

「在喔，甚麼事？」

「任晞宇呢？」

「也在。」

「叫他別走開，我現在過來，等我。」

許嵐戴上頭盔，將烘焙教室的地址傳給高賀晨，便騎著電單車出發。

致寶雖感到莫名，但也聽命的等待著許嵐，神色擔憂，以她對許嵐多年認識及憑著語氣猜測，也感知到發生了些嚴重事情。

高賀晨也離開醫院，坐上計程車。

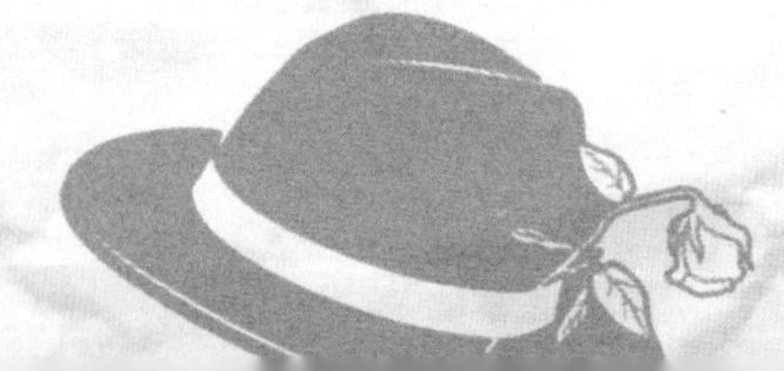

同日下午，烘焙教室內。

除了兩個已經如常在這裡出現的身影外，還有許嵐及高賀晨的突然到訪。許嵐驚覺整間烘焙教室已與首次到來時大有分別，致寶身上更是散發著一股滿有衝勁的自信，氣息比待在家中百無聊賴時活潑得多。

但這刻不是閒聊的時機。

四人面對面坐著，許嵐首先介紹身邊的高賀晨。

「他是我的朋友高賀晨，是一位醫生。」

高賀晨不敢太熱情，只是點點頭，將一份文件放在枱上。

任晞宇並不太懂眼前的男女是來約會還是聯誼嗎，所以反應比平時更為冷淡。

「高醫生，你好！」四人之中，就以致寶最為雀躍，因為許嵐從未介紹過任何男伴給她認識，這下是終於有個真命天子嗎？實在難得。

本來氣氛尚算輕鬆，但隨著許嵐及高賀晨講述徐小朋友的病況及願望，致寶逐漸收起笑容，晞宇的態度亦由冷淡轉為認真細聽。

「所以，生日蛋糕是由我們負責做嗎？」致寶問。

高賀晨按照文件的指引解釋：「由於子健的病情嚴重，在材料上會有特定的要求，而且子健父母希望做個大型立體卡通蛋糕……時間緊迫，坊間的烘焙店或許無法做到，而且我也不放心。」

「有多少時間準備？」晞宇終於開口。

「明天下午已是唯一可以舉辦派對的時段。」許嵐解釋：「醫療上及派對的安排，我們會分工負責，你覺得……」

許嵐還未説完，晞宇便回答：「行。」

高賀晨不太了解晞宇，對於他的草率回答略有不滿：「這是子健與我們冒著風險所舉辦的派對，醫生要幫他止痛，他才能稍為舒服一點地活動……你要不要再看多一些資料，他喜歡的卡通會不會太複雜而做不出來？我不想讓他失望……」

晞宇雖然被質疑，但深明對方是善意的顧慮，心裡反而欣賞高賀晨的謹慎：「我説行就一定可以。」

許嵐幫口：「我信你。」

高賀晨：「那麼我將資料留給你們，有緊要事的話再互相聯絡。」

高賀晨離開前，特地走到晞宇面前，握起他的手補充了一句：「有勞你了！」

兩人離開後，晞宇反覆望著子健和蛋糕的資料，低頭沉思。

雖然致寶未做過大型立體卡通蛋糕，但從以往觀看過的製作影片都了解當中的難度，主要是時間問題，專業團隊也可能要兩至三天才做到，更何況現在連材料都還未準備。

「生日派對由下午四時正開始，不眠不休的話，只有二十四小時……」

沉默不語，晞宇極其認真的表情，反而讓致寶擔憂。

天才也需要用心觀察及思考，晞宇終於放下資料，以銳利的眼神望著致寶說：「開始吧，由現在起，妳來當我的助手。」

【距離子健的生日派對，尚餘 24 小時】

子健的病房裡。

子健因腹痛而感到難受，陪伴在身旁的父母一收到高醫生的喜訊，便立即告訴兒子：「明天是你的生日，我們會為你舉辦一場生日派對，有很多朋友會來陪你呢！」

臉色蒼白、極為虛弱的子健需要依賴著呼吸器，即使是由心而發，都只能勉強擠出微微笑容，父母深知他想說一句「謝謝」。

高賀晨在醫院安排著各種醫療準備，好讓子健在派對中既能清醒，同時暫忘痛楚，享受數十分鐘兒童該享受的慶祝樂趣；而許嵐則與公關公司安排派對細節，以及聯絡子健的朋友及同學到場參加派對等……眾人都希望能盡力集結可以為子健提供最大快樂的元素及體驗。

換過角度悲觀一些設想，這也是為子健父母留下最後一段與兒子共處的美好回憶。

至於蛋糕方面，分秒必爭。

「開始吧，由現在起，妳來當我的助手。」

晞宇向致寶說完這句話後，並沒有即場解釋——首先要解決的是設備及材料問題。先不論材料，以烘焙教室現有的設備，實在無法製作到一個大型立體蛋糕。

「給我車匙。」晞宇盡量將話語簡化，致寶隨著他出發。

目的地已經去過了，不必導航——晞宇爸爸的店鋪。

「我肯定那裡必然有齊材料，而且……」

車子駛到後，晞宇直往店內跟感到詫異的爸爸說：「遲些再跟你解釋，店先借我用一晚。」

致寶急忙跟進去，才知道這裡除了賣材料外，店內深處竟還有一間烘焙房。

就如英雄電影裡頭的神秘密室。

「這裡的設備更專業，能媲美任何一間高級酒店或甜品店。」

材料、設備……下一個難題就是人手。

「事情就是這樣了……你覺得他能趕及完成嗎？」致寶問任爸爸。

「我也不敢肯定，但這個兒子達成過很多我意想不到的事情，依他的脾性，總會想到解決方法的。」

當任爸爸向致寶了解過事情始末及緊急程度後，他關了店面，走進烘焙房內：「也讓我表演一下吧。」

派對上，除了子健的生日蛋糕外，還需要準備一些杯子蛋糕及曲奇餅之類，全都交由任爸爸及致寶負責。

整個空間現劃分為兩邊。

延浚仍為著致寶的已讀不回而不滿，一直莫名奇妙的傳送一些有趣影片、冷知識、心靈雞湯文章給致寶。

再過了一會，終於收到致寶的回覆。

【烘焙教室有急事要處理，今晚不回家，你照顧自己。】

【？】

【？？】

【？？？】

假如不是男助理叩門要商討客戶事宜，延浚會繼續要求致寶交代及解釋。

男助理：「拍賣會要用的設備，我找到一間報價更低的公司，這些資料請你過目一下。」

延浚：「你放下吧，我遲些看。」

男助理：「好的，提一提最遲明天便要決定，以免被其他公司買走，這樣的話成本就會貴三成。」

延浚「嗯」了一聲，望著枱上那壺由范媽送來的栗子雞湯，在與致寶昔日的對話中，查找著烘焙教室的地址。

「有了。」

致寶一方面協助任爸做杯子蛋糕，一方面以隨時候命的狀態等待晞宇間中的吩咐。

任爸留意到晞宇所準備的材料用量超乎平常，忍不住打破沉默，開口問：「蛋糕會有多大？」

晞宇沒回望過去，只指著枱上的一張設計圖，上面畫著頭部、身體、四肢及配飾的準確尺寸。

「……」任爸神情凝重。

致寶輕聲問任爸：「難度很高嗎？」

「如果將設計圖向專業級團隊查詢，快則七天，慢則十天。而且還要每個工序都不容有失，否則蛋糕會傾倒，甚至無法成形。」

任爸已經無法捉摸晞宇的想法。

晞宇忽爾停手，用手機聯絡著甚麼人。

過了幾分鐘，對方回電。

旁觀的致寶稍為聽到電話另一頭正在破口大罵，但一向驕傲自大的晞宇竟低聲下氣道：「法國那邊的問題，我必定給你們一個交代及賠償，但我現在真的急切需要這些材料，希望你能安排一下，將香港分店現有的材料全都送遞給我。」

與對方再爭持多幾句，晞宇少許激動地說出：「感謝！真的感謝！」

掛線後，晞宇以更有動力的態度全速前進。

晞宇當然有數之不盡做超大型立體蛋糕的經驗，但要與這次他想做的尺寸相符，就只有一次。

當時，他與團隊為著打響餐廳名聲，要做一個高一百二十厘米的立體蛋糕，除了烘焙技術外，還靠著其他科技及設備配合，鑽研了一個多月，失敗過無數次，最終成品才能以超水準的五天時間完成製作。

而這次為子健所做的生日蛋糕，能夠巧取的做法是無需整個蛋糕都可食用，而且尺寸改小一點，再加上其他更省時的做法：合成其他餐廳庫存的蛋糕磚、在蛋糕內部嵌入支架、身體中空填入泡沫、四肢用巧克力空心柱減重等等……各種可行與不可行的方法，早已在晞宇的腦海中經過運算，而一直保持專注的他，對於要實現這個要用「奇蹟」來形容的目標，內心只有一個想法：

「想像子健一家人見到蛋糕時會有多歡樂。」

這也算是晞宇早已失去的初衷。

甚至現身哀求法國的合夥人也在所不惜。

【距離子健的生日派對，尚餘 18 小時】

許嵐以及高賀晨方面，派對的前期工作尚算順利，大部分子健的親友及同學都能參加，大約有三十多人，許嵐甚至安排了工作人員裝扮子健喜歡的公仔，而在醫療用品方面，高賀晨與其他醫生護士都已有所對策。

晞宇所需的材料，已由速遞員送到。

致寶與任爸爸繼續烤焗派對所需的甜點。

至於不關事的延浚，在晚上十點離開辦公室，提著湯壺到訪烘焙教室，在門外叩門良久卻沒得到回應，致寶的手機也沒有人接聽。

此刻，延浚只收到男助理的來電催促：「拍賣會的資料你看過了嗎？工廠要我們給予答覆了。」

延浚不耐煩地答：「行吧，你先答應跟他們入貨，我明早簽約。」

延浚再按了幾下門鈴。

「她到底去了哪裡……為甚麼要撒謊說自己在烘焙教室裡？」

【距離子健的生日派對，尚餘 9 小時】

杯子蛋糕及曲奇早已完成，因為已達清晨，身體不算壯健的任爸早就回家休息了。

致寶的意識幾乎都是迷迷糊糊的，眼皮都快要撐不開。為免弄錯工序，甚至不小心將蛋糕推倒，即使她有心協助晞宇，晞宇都寧願她躺在椅子上休息。

「妳還要出席派對幫忙，先睡一會吧。」

致寶在閉上眼睛之前，觀察了晞宇一段時間，為著他精湛的技術而讚嘆，但卻無法辨識現時的進度。

【距離子健的生日派對，尚餘 3 小時】

子健的病房被佈置得猶如主題樂園般，與平常大有分別，不再瀰漫著哀傷的氛圍，幸好子健的狀況並無急轉直下，雖然仍承受著莫大的錯楚，但歡樂始終是天然的嗎啡。

許嵐與公關公司職員提早到場，確保派對能順利舉行，亦再查問探訪者的健康狀況，以免他們生病，將病菌帶到病房內。

院長亦有前來查探狀況，但他只是笑臉迎人，循例問一下準備情況，以免違反醫院的條例。現實暫時無法容納他心底的想法：***「其實到了這刻，醫院對臨死的病人都會酌情處理的。」***

院長只期待著派對結束後，醫院會在醫學界、傳媒界、網絡上獲得多大的讚賞。

致寶那邊。

任爸爸拉開店舖閘門，陽光滲了進來，致寶驚醒。

「怎麼我躺在這裡！？」

她正睡在店內的長椅上，身上蓋著一件男裝外套。

「明明意識仍然清醒的一刻，我正望著晞宇在堆砌蛋糕。」

另外還依稀記得身體愈來愈冷。

「現在不是思考這些的時候。」

致寶著急地起來，想了解晞宇的進度，卻被任爸叫住：「妳

別進去了，他吩咐妳先把杯子蛋糕送過去，他說妳有駕車來？」

致寶點點頭。

枱上已放滿包裝好的杯子蛋糕。

「明明是我要做的工序，還要他分神幫我……他為甚麼不叫我起來呢！」

任爸搬運著杯子蛋糕，致寶拿出車匙問：「那……等一下他怎麼過來？」

任爸指著致寶身後，是一部小型冷凍貨車。

在不知道蛋糕的完成度下，致寶忐忑地獨自駕車到醫院。

「我的手機呢……」

當致寶抵達醫院時，公關女士像見到聖人般期待著她，在她停好車後，甚至替她開門。反而旁邊的許嵐留意到只有致寶一人前來時，便心知不妙。

「他呢？」許嵐幫忙搬杯子蛋糕時問。

「應該還在趕工……」致寶答。

場地已經百分百完成佈置，親友也陸續抵達，集結在一間會議室中等候。

按子健目前的狀況，最多只能在止痛的狀況下，維持一小時的派對。

高賀晨完成早上的手術、梳洗過後便與許嵐等人會合。他一見到致寶，同樣問：「任晞宇呢？蛋糕送到了嗎？」

許嵐代答：「還沒。」

高賀晨：「一小時後派對就要開始了，致電他問問？」

致寶本來打算提出不如別打擾他，但許嵐已撥號，傳來的回應是「未能接通」。

另一邊，晞宇望著牆上的掛鐘，祈求時間別過得太快……

「請再給我多一點點時間。」

未能聯絡到晞宇，高賀晨失望地問許嵐：「如果他趕不及的話，那就要實行另一個計劃。」

兩個在工作上同樣小心謹慎的人，審視過各種最壞情況後，早已有一個後備蛋糕。

高賀晨安慰致寶：「並不是我不信任他的能力。」

致寶：「明白的，大家都為子健設想。」

高賀晨：「我仍然心存希望。」

是指子健的病情，還是晞宇做的蛋糕？

但肯定的是，那個後備蛋糕會讓所有人失望……一個普通的水果忌廉蛋糕，上面畫上了不太像樣的卡通公仔。

下午四時正，一切準備就緒。

子健與父母在病房內，隨著一聲叩門，滿佈藍色與白色氣球的「隨意門」打開，卡通人物搖搖擺擺的走進來，親友們緊隨其後，眾人同道一聲「生日快樂」。

一小時的生日派對正式開始。

病房內的每個人都拿著不同的法寶輪流送給子健。

「竹蜻蜓會帶領你飛出這裡。」

「銅鑼燒抱枕！晚上睡不著就擁住吧！」

「還有這個！」

子健的舅父用紙箱改裝成「如果電話亭」，他拿起聽筒，嗚咽地說出：「如果……我可以帶子健到公園玩。」

其他親友強忍淚水，卡通人物走到子健身旁，指著肚子的百寶袋。子健的媽媽補充說著：「我們有很多法寶，你會康復的。」

接下來是合照環節，之後就是子健最期待的……唱生日歌及切蛋糕。

高賀晨望望手錶。

「真的無法再等了……」

他跟公關小姐去取後備蛋糕，而許嵐收到了一則來電，正離開病房接聽。

子健狀似感到痛楚，在場的主診醫生立即替他檢查。

「放心，沒特別問題，不過擔心子健會太累，建議縮短派對時間。」醫生向子健父母說。

高賀晨捧著後備蛋糕，走向病房門口。

公關小姐關掉病房內的燈，播放著背景音樂，親友與卡通人物開始拍著手唱生日歌。

高賀晨半步踏進房內。

許嵐拉住了他，高賀晨回頭一望……

派對開始前四十分鐘……

蛋糕已完成近九成，這是所有烘焙師傅眼中的不可能任務，盡了最大努力，但現實的確有著時間迫切、物理局限、人手不足等問題，即使照送去醫院，亦沒有人會覺得事與願違。

「但最後這部分很重要……」

面對處境矛盾的晞宇，衡量利弊作出決定的一刻，任爸走進烘焙房內：「時間不夠了，我也來幫你。」

任爸在凌晨時分回家後，其實沒有睡覺，他知道自己無法幫忙參與整個蛋糕的製作過程，但最後一些簡單工序，他還是有能力應付的，於是他抵著倦意，觀看晞宇在網絡上流傳的立體蛋糕製作影片，加深自己對完成品的了解。

始終是共事多年的兩父子，晞宇深信父親的能力。

「那你幫忙畫公仔的臉部。」晞宇指示著。

兩人有著不可言喻的默契，晞宇則專注那尚未完成、令立體蛋糕完美的最後部分，直至他終於可以安心呼吸，欣賞著眼前藝術品。

「還剩十五分鐘而已！」任爸著緊地說，二人合力將蛋糕包裝及搬到車上。

快要抵達醫院之時，晞宇致電許嵐：「等我。」

「任晞宇！」

高賀晨回身一望，這個男人應允了承諾，將近乎一比一的立體蛋糕送到眼前。

雖然遲了五分鐘，或該慶幸主診醫生剛才突然不放心要替子健檢查嗎？

在父母示意流程進入唱生日歌及切蛋糕的部分，公關小姐關上燈。

「進去吧。」許嵐向任晞宇說。

陪隨著生日歌推進來的，是任晞宇所做的多啦A夢立體蛋糕，子健望著眼前這個人生中從未見過的巨大蛋糕，還要是最愛的卡通人物，臉上露出久未出現的喜悅表情，在這刻是世上最美麗的法寶。

*「還有時光機！」*子健心想。

唱著生日歌的眾人無一不眼泛淚光，父母叫子健許願，子健合起雙眼：*「希望今晚可以坐著時光機，再回來這個派對玩多一次。」*

大合照後，子健父母餵他吃了一小口巨型蛋糕。

派對結束後，眾人在歡笑與淚水之中道別，子健父母為兒子完成心願。

醫院走廊，致寶走向正喝著咖啡的晞宇。

「你做到了。」致寶微笑說：「抱歉我這個助手幫不到你太多。」

「這是我對大家的承諾。」晞宇感觸地答，一方面完成了不

可能的任務，但事情始終源於子健的病情，實在無法慶祝。

致寶也感覺到他內心的糾結。

「你為他們留下了最美好的回憶。」

「妳不打算將外套還我嗎？」晞宇回復愛嗆人的態度。

致寶仍穿著晞宇的外套。

「算了，既然妳這麼喜歡，送給妳吧。」晞宇轉身離開，只想快點回去烘焙教室睡覺。

致寶望著身上的外套，仍散發著晞宇的香氣。

「喔……！」她的腦海彷彿湧現了一些在烘焙房內的畫面，卻又未完全清晰。

至於那個後備蛋糕……院長在辦公室內獨自吃著。

梳洗過後的晞宇，察覺到烘焙教室一角遺留著一部手機，正有一則視訊來電。

畫面顯示著來電者名稱。

「延浚？」

晞宇按下接聽。

另一邊，致寶剛好回到家，開門望著延浚的身影。

他轉過身來，手上展示著手機畫面。

畫面裡，任晞宇半裸著上身。

「這男人是誰？」延浚問致寶。

【第七章】

命名為偷嚐

在子健的生日派對結束後，致寶離開醫院，獨自駕車回家。

途中，她感到一陣寒意，打算調高車內的溫度，剛才那段模糊的記憶突然清晰起來。

「是他抱我出烘焙房。」

當時，致寶仍在烘焙房內隨時候命協助晞宇，但始終抵不住睡意。晞宇為使製作過程更為順利，於是將烘焙房的冷氣調低。過了不久，全神貫注在蛋糕上的他，聽到致寶在迷糊之中，像說夢話般：「怎麼這麼冷……」

還打了個噴嚏。

「……在這裡也能睡成這樣。」

晞宇走近致寶，半蹲下來，將外套蓋在她身上。

「其實也不需要她幫忙了，不如讓她好好睡一覺，反正我也沒時間再分心照顧她。」

沒半點猶豫，晞宇便輕輕發力，將致寶抱到烘焙房外。過程中，她貌似醒了一醒。

而在致寶的記憶中，這半秒的畫面愈來愈具體，晞宇的臉浮現眼前，彷彿仍存有被抱著的體感……

「我還穿著他的外套……」

直到站在家門前，致寶還猶豫著那到底是夢境還是真實，想著有機會的話要問清楚晞宇。

派對順利完成，算是美好的一天，但也要收拾心情，回去這個無法分享這刻心情的家裡。

致寶打開大門，延浚坐在梳化上，這個時間他理應還在加班。只見他拿著手機，轉身過來，問致寶：「這男人是誰？」

手機畫面裡，任晞宇正半裸著上身。

不知道兩人為何會聯絡上，也不清楚兩人聊過些甚麼。

「你先掛線，我再跟你說。」

致寶著急的走進屋內。

即使延浚沒主動掛線，另一邊的晞宇也察覺到有麻煩而結束通話，還順手把手機關掉，繼續抹乾身子。他對延浚的第一觀感不太好，明明素未謀面卻像欠了他幾輩子的債，還未弄清事情，就一直怒斥與質問：「你是誰？偷了我妻子的手機嗎？我會報警抓你，你逃不掉的。出聲說話啊，別一副臭臉！」

現在，延浚要質問的人，換成坐在他眼前，同樣板著臉的致寶。畢竟兩人是經歷了七年婚姻的夫妻，暫時看似還能冷靜

溝通，未至於大吵大鬧。

延浚：「依妳的反應，看來，妳認識他？」

致寶：「他是許嵐的朋友，是位很有名的烘焙師。」

延浚：「名字？」

致寶：「任晞宇。」

延浚仍然平心靜氣，翹著腿以休閒的狀態用手機搜尋「任晞宇」，滑動幾下屏幕後，語氣開始挑釁。

「年青企業家、曾任法國多間星級甜品店總廚、所涉獵生意、品牌合作、投資，總資產估計過千萬歐元……」

延浚一直低著頭讀資料，致寶不懂反應。

「重點。」延浚再問：「妳能否解釋，他怎麼會代妳接聽手機？」

正當致寶開口之際，延浚打住了她，語重心長般：「妳知道嗎？昨晚妳說烘焙教室有事，整晚不回來，我有點擔心，所以專程去了烘焙教室一趟，但發現妳根本不在，又一直聯絡不上妳，到現在已經超過二十四小時了，身為妳的丈夫，可想而知會有多憂慮，但原來是有人陪著妳，我真的是白費心思了。」

「我說過了，他是許嵐的朋友，暫時住在烘焙教室，昨晚真的太匆忙了，無法向你交待清楚，手機也遺留在烘焙教室。」致寶沉著氣解釋：「還有誤會？」

延浚禁不住冷笑一聲：「要我重複一遍嗎？總資產估計起過千萬歐元……這麼有錢的人要住在妳那還未完成裝潢的烘焙教室？不是很可笑嗎？喔，我知了，難怪妳那麼『省錢』不請工人，是怕妨礙到你們吧？」

致寶：「我真的不懂你在亂說甚麼。」

延浚：「全是邏輯推論，不是無理取鬧，這絕對是成人之間的談話，妳大可以用道理說服我。例如妳昨晚去了哪裡？」

致寶：「我們要做一個非常重要，而且製作時間有限的大型蛋糕，所以去了任晞宇爸爸的店舖。」

延浚：「喔，人家有爸爸，還以為是無家可歸的孤兒呢。妳不是新手嗎，國際級大師要妳幫忙？怎麼愈來愈可笑！」

致寶：「誰也預料不到會有甚麼突發意外，我算是隨時候命陪著他。」

延浚：「原來是『陪』？妳人真好，我也想妳多點陪我，可能我也有突發意外，就像剛剛我駕車回來，旁邊的車子就突然轉線差點撞過來。」

致寶：「我需要交待的已交待清楚。或許之後會有新聞報道，那你就會更加清楚明白。」

延浚：「厲害了！與國際級甜品師、年青企業家、外國富豪一起登上新聞嗎？原來我們夫妻之間要透過新聞，才知道對方的事。」

致寶：「……」

延浚：「他在烘焙教室裡也會像剛剛一樣裸體嗎？妳有看過？」

致寶：「……」

延浚：「答不出來吧，還是你們已經做過愛了？」

致寶：「別那麼過分，我也沒説過你甚麼。」

延浚：「我光明正大，有甚麼好讓妳説？」

致寶：「你偷偷藏著另一部手機，我也選擇相信，沒過問吧？要不要現在開出來給我看？」

延浚：「……」

致寶：「夠了吧？你喜歡怎麼説、怎麼想，隨便你，我也不想把場面弄得更糟糕。」

致寶站了起來，結束這場充斥誤會的對話，但延浚低著頭，語氣低沉補充了一句：「似乎，妳不單止遺留了手機，還脫下了婚戒。」

致寶望著右手的無名指，愣住了一會。

酒店的咖啡廳內，又是滿枱子食物。

致寶跟許嵐傾訴了昨晚與延浚的爭吵。

聽後許嵐回應道：「又冷戰……說不定這次終於會離婚了，反正都弄丟了戒指，恭喜！」

致寶並不高興：「別那麼說吧！尤其是以妳的身分。」

許嵐懶理：「呵，我一向反對婚姻制度，單身主義或開放式關係都比一對一好，悶死了！」

致寶反駁：「只是妳為人太放縱。」

恰巧，高賀晨傳來一大段訊息——

【早，起床了嗎？睡得好不好？有沒有吃早餐？今日天氣又轉涼，妳記得要穿外套。我今天只有一個手術要做，晚上見面嗎？見多久都可以，一分鐘都好，就讓我多看看妳吧，否則會心緒不寧。】

訊息還附上一張笑容燦爛的自拍照。

許嵐的手機放在枱上，致寶瞄到訊息一眼：「抱歉，我說錯了，原來有人管著妳。感覺他人不錯，我批准。」

致寶用許嵐的手機為她拍了張照。

「傳給他吧。」

「別鬧了，今次真的要處理正事。」

致寶暫時收起與延浚冷戰的鬱悶心情。

許嵐吃過最後一口哈密瓜火腿後入正題：「雖然烘焙教室的裝潢已差不多完成，但距離可以營業收生的程度仍差太遠，這是我們預料之內的，也不著急。不過我的診所租約期滿，業主要放售了，所以我想提前實行跟妳提及過的計劃。」

致寶希望以開設烘培教室延續父親的技藝，而對許嵐來說，一方面是幫助致寶圓夢，另一方面也想轉移一些正經歷著婚姻問題的太太到烘焙教室相處。

許嵐續說：「就像那些互助會一樣，讓她們有個地方互相傾訴。」

致寶回應：「正如我之前所說，經營及行政方面全由妳決定，我要怎麼配合？」

「很簡單。」許嵐答：「一開始我會跟她們約時間，妳負責教她們做些麵包或甜品，她們就會互相討論了。」

「這麼簡單？」

「就這麼簡單！滿肚子苦水的人，不過是希望有個地方、有個人可以宣洩。」許嵐提出：「不過，烘焙教學方面……妳可以？」

致寶點點頭答：「應付到的！我會盡快跟任晞宇學。」

許嵐：「好。反正對她們來說，成品如何並不是重點。」

雖然這種做法仿似偏離了致寶的理念，不過她與許嵐之間的互信，早已到了無條件為對方付出的程度。烘焙教室的經營手法可以改變，但閨蜜之情卻無可取代。

致寶：「那麼烘焙教室的名字，妳有想法嗎？」

許嵐：「『偷嚐』。就像感情一樣，偷來的總比較刺激，比較誘人。偷嚐是享受甜品最滋味、最幸福的時刻。遲一些在公關宣傳上，這說法會讓人有記憶點。」

「偷嚐烘焙」——絕對算不上是個正常構思得來的名字，恍如私人會所、秘密會議、地下組織的營運方式也比較離經叛道，但屬於致寶及許嵐的共同夢想，總算是正式開始實現。

早餐時段沒有白酒提供，兩人以咖啡碰杯，許嵐笑說：「從此又多一件妳無法向丈夫清楚解釋的事了。」

致寶：「他一輩子都不會懂，也不需要他懂。」

許嵐：「吖，忘了跟妳說，第一批到訪的學生，她們的身分都……有點奇特。」

醫院內一間診症室，高賀晨正在電腦前處理著行政工作。

有人叩門，他抬起頭，為進來的人預備著一個親切又自鳴得意的笑容。

「預約了這個時間的人，一定是她吧。」

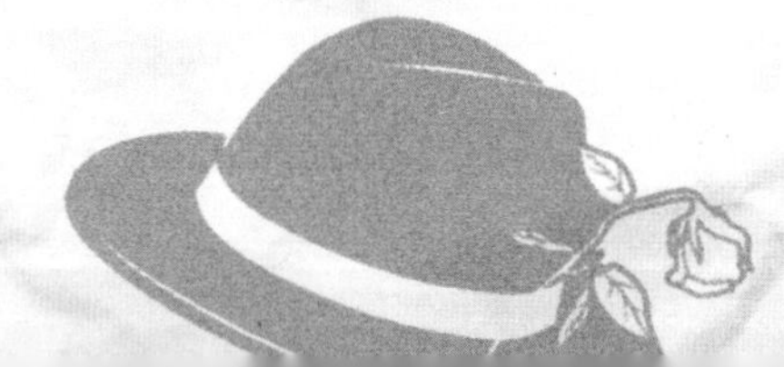

門緩緩地打開，出現的臉孔是許嵐。

「高賀晨……？」

許嵐莫名其妙，以為自己走錯房間。

「怎麼會是你？趙醫生呢？」

高賀晨保持著笑容。

「對！是我，別驚訝！妳先進來坐吧。」

但許嵐不願踏進房間半步，略有不滿地問：「你先解釋。」

「怎麼這個女人總是那麼倔強……」

無奈的高賀晨站了起來，走近許嵐，故作輕鬆地答：「因為……由現在開始，我會與趙醫生一同處理妳的個案。」

許嵐質問：「你不是負責這個醫療領域的，怎麼可以？」

高賀晨：「我在這間醫院連生日派對都可以舉辦，有甚麼不可以？趙醫生負責治療妳的身體，而我負責醫治妳的內心。」

「瘋子。」

許嵐不被這種情話打動，憤而轉身離開，不過高賀晨的說話也不是流於表面，不讓許嵐再逃避，於是立即追上她。

「我認真的。」

「不用你管我。」

「已經沒時間讓妳這麼任性！」

「別煩我！我不用跟你交待！」

兩人不顧身旁醫護及病人的目光，彷彿世界只有他們倆，一直擾攘至醫院大門口，才在許嵐的電單車旁停下。

許嵐準備開車擺脫這個自把自為、自以為是、自以為重要的人。

引擎啟動。

高賀晨擅自戴上頭盔，騎上電單車，不容許她開車駛走。

「隨你喜歡。」許嵐沒有因為他的阻撓而停止開車。

站在醫院門口旁觀的群眾，目睹仍穿著醫生袍的高賀晨就這樣跟著許嵐離開。

電單車在公路上疾駛，速度愈來愈快。

高賀晨對速度感有些恐懼，死命抓著許嵐的腰間。

自從高賀晨在派對上第一眼見到許嵐後，就下定決心要追求她。在其他女生眼裡，無論高賀晨的外表、職業及前途，一直都是條件好得讓人無法不心動的男人，只是他一直都遇不到自己喜歡的人，直至許嵐的出現……

他也不明白為何內心對愛情的熾熱會因為許嵐而變得那麼澎湃，但這就是兩個人在茫茫人海中相遇時，那份無法解釋的

化學反應，被稱為命運或緣分。

而對許嵐來說，高賀晨當然是個短期約會的好對象，只是沒想過有條件當玩家的他，內裡卻是那麼專一重情，尤其在發生過關係後，那雙彷似被奪去童貞的無辜眼神，望著許嵐問：「所以我現在是妳的男朋友嗎？」如果他生於古代，必然是那種在小時候牽過女生一次手，就認定要娶對方為妻的純真男孩。

電單車一直駛至一個碼頭才停下。

「車都停了，你還不願放手嗎？」

高賀晨的雙手由本來的輕輕抓著，隨著速度而演化為緊緊擁著，頭還貼在許嵐的背上。從他驚恐未定的蒼白表情、標誌性的燦爛笑容都藏起來看，恐怕不是演戲而是真的怕。

「對……對不起。」明明都見過對方的裸體了，他還是那麼有禮。

「唉……」許嵐幫他脫下頭盔，嘆了口氣：「你還要纏著我到何時？」

高賀晨以為兩人的感情會在一同為子健舉辦生日派對後而有所升溫，但許嵐又再次遠離了他。

「經歷過子健一事，我以為妳會想通。」

「我早就說過，我不可能愛上你，想不通的是你。」

靜默數秒。

「我並不是講感情。」高賀晨再開口:「我早就接受了，所以我並不是要求妳喜歡我，我只想陪在妳身邊對抗疾病。」

「那就更可笑。」許嵐不屑地回應。

「……」高賀晨感到無力:「早知道會這樣的話，我就不會跟妳上床。」

「幸好你是醫生，不像有些蠢男人般擔心得立即穿上褲子離開。」許嵐苦笑:「我還向著大門叫『喂！別急著走啊！胰臟癌並不會傳染的！要不要來一炮？』。」

末期胰臟癌。

許嵐在數個月前得知自己患病，也就是在認識高賀晨之前。知道許嵐患病的人，除了主診醫生外，就只有許嵐那些一夜情伴，部分人以為她說笑，另一部分人驚嚇得立即離開，這是許嵐的傾訴方式，反正所有人都只是萍水相逢，不會再見，但天意要她遇上了高賀晨，這個聽完她的病情後，仍不願放開她手的人。後來，神色憔悴的許嵐多次在醫院與高賀晨遇上，但都對他視而不見。

他說「早知就不與許嵐上床」，意思並非嫌棄，而是寧願以正常的步伐，以老派約會的方式與她相遇、相識、相交。現況卻是廉價的性愛，沒有感情，純粹洩慾，還被用完即棄。他不甘心，也不忍心，於是主動聯絡許嵐，即使被痛罵，也至少要在她人生這個重要關頭待在她身邊。

「怎樣，你要不要也來一炮？」許嵐點燃香煙。

「少侮辱人了。」高賀晨沒心情開玩笑。

「你別再找我了，反正……」

高賀晨打住她的話，搶著說：「飯總要吃的吧？」

「……？」許嵐等他再解釋。

「我不理妳有甚麼想法，也不介意妳喜不喜歡我，但事實是妳的確出現在我的生命裡，而我無法停止想著妳，況且日後還有可能無法再見到妳，所以我更加不能放棄……一天裡……就容許我陪著妳吃一頓飯，早餐午餐晚餐，甚麼時間也好，由妳去決定，我無論如何都會配合……其餘時間我都不會煩妳，給我一個機會好嗎？」

時間的長短，對高賀晨來說已不重要，他眼神堅定地等待許嵐回答。

許嵐抽完一支煙。

「我答應你的原因，並不是因為我喜歡你，而是我有很多東西想吃，而我一個人吃不完。」

「嗚……」高賀晨高興得想擁著許嵐，但又不好意思。許嵐拍拍自己的肩膊：「擁吧。」

過了十分鐘左右，許嵐忍不住推開高賀晨，補充：「還有一個條件，你不准將我的病情告訴其他人，甚至要替我隱瞞。」

「嗯……」高賀晨不情願地點頭答應。

「你要回去醫院吧？上車。」

「可以減慢少許車速嗎……」

在許嵐心裡，唯獨有一個人，讓她永遠都要隱瞞心意。

那個愈喜歡多年，愈不想她因為自己而傷心的人。

致寶走進烘焙教室。

穿著休閒服飾的晞宇正優哉游哉的坐在椅子上看書，抬眼望著致寶，輕輕說句：「喔，妳回來了。」

「回來」這兩個字令致寶感覺這裡才是她的家，她今早起床時，倒是像從一個工作室離開。

致寶把晞宇的外套歸還：「有事想問你。」

晞宇低頭繼續看書：「問。」

致寶：「在你爸爸的店時，我記得明明在烘焙房睡著，怎麼醒來時會在房外？」

晞宇：「當然是我抱妳出去，難道是妳夢遊嗎？」

致寶：「為甚麼？」

晞宇終於抬頭：「妳吵，一直在打呼，我受不了。」

致寶：「我才沒有。」

要跟晞宇交待的事情有很多，致寶先轉述許嵐的計劃，後來再為延浚的無禮而致歉。但晞宇根本沒放在心上：「哦，妳丈夫嗎？挺好笑。」

晞宇指了指前方的枱：「妳手機。」

致寶：「謝謝……另外請問，你有見過我的結婚戒指嗎？」

晞宇：「沒留意。」

致寶：「我會在這裡找一找，但也很有可能在你爸爸的店裡弄丟，麻煩你幫我跟他提及一下。」

晞宇：「沒空，我將他的號碼給妳，妳自己跟他講吧。」

晞宇沒直接説出任爸的電話號碼，反而拿起致寶的手機，示意她解鎖，再將自己的電話號碼儲存為她的聯絡人。眼見致寶的表情既焦急又內疚，晞宇問道：「他罵了妳吧？」

「嗯……」致寶點點頭，但沒有將延浚那些難聽的説話講出來。

「明白。」晞宇用致寶的手機傳了個表情符號給自己，歸還手機後轉身進了房內，在手機上輸入著甚麼。

仍站在原地的致寶呆呆思考著。

「這個人是有重新設置的功能嗎？不然怎麼每次見面都總要經歷冷淡到熱情的轉變。」

但正正是這種捉摸不定的相處，讓人有種更想深入認識的新鮮感及挑戰。早已熟悉的人，連生活習慣都瞭如指掌，反而不會讓人記住曾經花過心思互相了解，只會著眼於令人生厭的缺點。

叮！

致寶的手機傳來晞宇的訊息。兩個人雖然相識了一段時間，但至今才擁有對方的電話號碼。

【辛苦妳了。】

正當致寶要回覆時，看到他剛剛為了展開對話時所傳的哭臉符號。整個對話彷似是致寶訴苦撒嬌，然後他在安慰。

*「太讓人誤會吧……該刪除嗎？」*致寶猶豫，但反正都被誤會了，也不用特地掩飾甚麼。

致寶決定要在訊息上對晞宇平日的孤高態度還以顏色，回覆了一句：【別嘮叨。】發送後還一臉得戚。

「原來冷待別人的感覺這麼爽。」

晞宇的房門打開，還在自鳴得意的致寶嚇了一嚇。晞宇換上了運動服，在門口穿上跑鞋時問：「妳也要去嗎？」

致寶已久沒運動了，更不用說要跟上晞宇的速度。

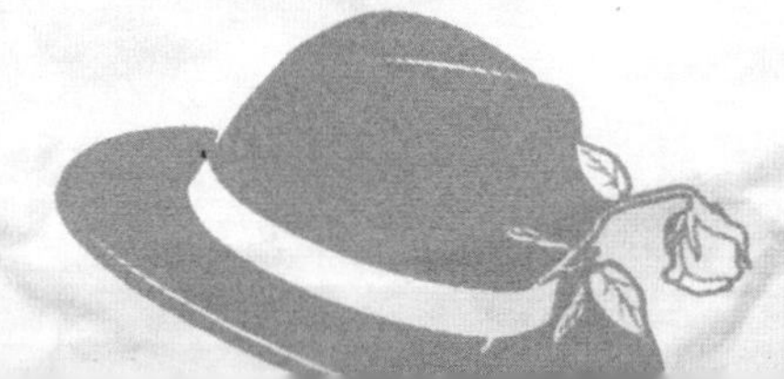

「我……今天不太方便……而且也沒有運動服！對，連鞋子都沒有怎麼跑呢！下次跑！下次吧！」致寶一時情急，說了過多的話。

「沒要妳解釋。」

晞宇開門離去。

「……又敗了給他，算了！」

獨自一人，致寶開始練習著那十款由晞宇所訂立的烘焙目標。

「就順次序先由可頌開始吧。」

烘焙教室工廈外的不遠處，有人正監視著任晞宇，但晞宇並沒有察覺，一步出戶外就極速跑起來，那雙躲在暗處的眼睛，差點就錯過了晞宇的身影。

「我也無法跟上去……唯有等他回來。」

晞宇跑完十公里後，又走到市場逛逛，打算買些食材回去備用。不過他現在已經成為嬸嬸婆婆們的「愛寵」，一見到他就

不停嚷著。

「仔！怎麼又瘦了！」

「今天的魚特別新鮮，送你一條吧。」

「先別急著走，給你斬隻雞，等等！」

她們的熱情就連晞宇都無法招架，一個又一個搶著跟他合照。明明說過出門要低調，沒想到在這個偏僻的市場竟會成為風雲人物，幸好那些大嬸沒有認出他是誰。

「明天你也要來喔？」

「我真的要介紹女兒跟你認識。」

「明天想吃甚麼？龍蝦好嗎？」

空手而來，卻滿載而歸，還要是免費的。眾大嬸依依不捨的望著晞宇轉身離去。

「任晞宇！」

一把活潑的女聲叫住了他。晞宇本想裝作對方認錯了人，但女生已跑到他的身前。

「真的是你！聽不到我在叫你嗎？」

晞宇生平中，其中一個不願再碰到的人。

谷雅莉。

那個晞宇因為要出國而不辭而別的初戀女友。

烘焙教室內，致寶本來在練習做可頌，進度良好，卻因為月經痛而要稍作休息。

痛得愈來愈嚴重，她翻找著手袋，沒想到止痛藥竟遺留在家。

換著是以前，她會致電延浚嘗試求助，但多年來深明白他只會冷漠回應：「躺一下就沒事啦，我在工作走不開，又不是小學生初次來月經，自己想辦法吧，不說了。」

致寶嘗試忍痛，但真的捱不住了，一個矛盾的想法湧現。

「該不該叫任晞宇幫手買呢⋯⋯」

看似一件小事，但她實在不太想麻煩別人，尤其是這個才剛熟悉的男人，哪怕有丁點機會惹他生厭都盡量避免。

「還是算了。」

致寶寧願繼續掩著肚子強忍痛楚。

谷雅莉擋在任晞宇面前。

她的長相多年來沒怎麼變，只是少了一份稚氣，一身樸素打扮看上去也算成熟穩重，但只要一說話，娃娃音又會讓人感覺野蠻又沒腦。

雅莉：「又打算逃跑嗎？」

晞宇：「……妳想怎樣？」

雅莉：「留下你的聯絡方法，不然我會一直跟著你！」

「……」晞宇本想拒絕，但想深一層當年的確傷了她的心，而且早就慣了已讀不回，留個號碼也影響不到他的生活，至少他現在可以離開。

晞宇在雅莉的手機輸入著。

「等等！」雅莉取回手機後，立即撥號試試，看到晞宇的手機響起時她才安心：「幸好你沒騙我。」

晞宇轉身離開前，雅莉補充一句：「別那麼怕我！我純粹是見到舊朋友太開心而已！我傳訊息給你一定要回喔！不然……我一定會再找到你。」

雅莉望著晞宇的背影，眼神像找到獵物般。她低頭自言自

語的聲線並非娃娃音。

「竟然回來了，這次不會讓你逃掉。」

晞宇回到烘焙教室後，望到痛得動不了的致寶。此時此刻，就算多無情的人，都會上前問候。

「妳怎麼了？」

「我……月經痛，你不用理我，我躺一會就沒事。」

晞宇留意到烘焙區的枱上，散滿做可頌的材料。

「她應該痛得不輕吧。」

晞宇忍不住問：「妳沒止痛藥？」

致寶答：「忘了帶。」

晞宇：「妳等等。」

說後，晞宇跑了出門。

那雙一直監視著他的眼睛仍留守在烘焙教室樓下，似乎有所動作。

來回不到十分鐘，晞宇便帶著一盒止痛藥回來，放在枱面。

「謝謝……？」致寶還未來得及道謝，晞宇便一言不發的埋首在烘焙區裡忙著做甚麼似的。致寶吃藥後，閉目養神了大概二十分鐘，再睜開眼時，晞宇靜默的遞上一份甜品。

熱巧克力舒芙蕾。

致寶拿起匙子品嚐起來，幸福感隨即湧現，味蕾的滿足已蓋過身上的痛楚。普通一份甜品已足夠讓人心情變好，更何況享受著大師級的功藝，那怕只是一小口，都簡直是心靈上的最佳止痛藥。

晞宇望著致寶臉上由痛苦轉為喜悅，深深明白一道甜品勝過千萬句於事無補的安慰。他寧願默默地付出，而不是把甜言蜜語掛在口邊。

「她沒事就好了。」

無論晞宇平日有多冷淡無禮，適當的時候，始終有著細心的一面。

致寶吃完甜品後，晞宇指著枱上那些經她處理到一半的材料，嚴厲地說：「不是要趕工練習嗎？」

「是！馬上練！」致寶已回復精神。

烘焙教室外，有人急步離開。

升降機門關上之際，一把急促的聲音回應著電話另一邊的人：「怎麼會這樣！吩咐大家不要亂碰古董碎片，先拍下周圍的照片，我馬上回來。」

那個表情慌張、萬分焦慮、心知不妙的人——范延浚。

【第八章】
以為是男朋友

過了數天，早已完成裝潢的「偷嚐烘焙」，準備迎來第一批客人。

致寶由練習做可頌改為馬卡龍，原因是許嵐的客人們提出奇怪的要求：「可頌不行啊，太胖了，想學習一些小巧又漂亮的甜品，馬卡龍吧！」致寶也沒異議，畢竟這是許嵐的安排，她們的目標只是來放鬆心情，而不是像自己一樣立志做個烘焙師。興趣跟工作是兩碼子的事，也不必嚴苛對待客人們。

當正式開始訓練後，晞宇本來已夠冷漠，再加上嚴厲訓斥的態度，要不是致寶忍受能力高、意志堅定，應該就捱不住要放棄了。

練習過後，被迫帶上運動服及買了一雙新跑鞋的致寶，也要跟著晞宇跑步，他總在致寶跑得喘氣時罵道：「我是為妳著想，烘焙師也要體能好，況且妳也不年輕了，該注意身材及健康。」

說話難聽，卻是事實。

除了馬卡龍外，致寶同樣要練習其他甜品，因為晞宇覺得：「製作不同甜品所獲得的經驗可以互補。」

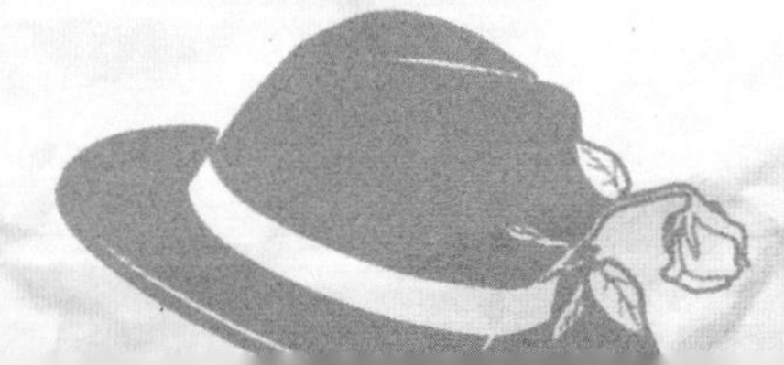

連續好幾晚，致寶回家後都疲憊得直接攤在床上。

「還以為自己正在鍛鍊做一位拳手……」

但有個超厲害的師傅，確實事半功倍，她感覺到自己的技術提升了好幾個層次，學到很多一個人在廚房裡無法掌握的技巧。

說來，有件令致寶感到奇怪的事。

延浚已經好幾天沒回家了，但致寶肯定他仍安然活著，因為每晚十二時正，他都會傳來一句：【加班工作，今晚不回。】

「有甚麼事會忙得連家都無法回？」

致寶心想，但沒有問出口，一來兩夫妻仍處於冷戰階段，二來她之前趕著做立體蛋糕時也沒回家，這刻要是她存有同樣質疑，不就是自打嘴巴嗎？三來……雖然機會很微，或許是跟第二部手機有關……可能延浚在外有另一個住處？

致寶不願猜想，覺得發生甚麼事都好，順其自然吧，現在只著重那班明天到來的學生。

睡前，致寶傳了一則新聞報道給延浚。子健舉辦派對的事終於發佈了，她立即還自己一個清白，暗示延浚亂說一通。

「或許他讀完這篇報道，冷戰就會結束吧，我也不想心情被影響。」

已是凌晨時分，延浚坐在辦公室，漆黑無人，只有他的房間還亮著燈。

他滿臉鬍渣，樣子極為憔悴，一身像三天沒洗澡的打扮。枱面上有些杯麵及麵包，還有支倒瀉了一半的紅酒。

此時，他收到致寶傳來的一則報道——「癌末男童最後生日 巨型蛋糕暖哭網民」。

報道裡有一小段是致寶的訪問，由她講述製作巨型蛋糕的過程。

延浚苦笑。

「她沒騙我。」

手機上其餘的訊息，都是由公司同事傳出，但延浚不願查看。貌似苦不堪言的他，又灌了幾口酒。他為何會弄成這副潦倒的樣子，要由幾天前說起……

自從得罪了魏總，延浚公司失去了一位大客，再加上經濟不景，面臨著倒閉的危機。但好消息是，手頭上還有一個舉辦拍賣會的工作，事成後客戶如期支付費用的話，還能夠撐多半年。

延浚深信與員工在這半年加倍努力的話，要傾成多幾宗生

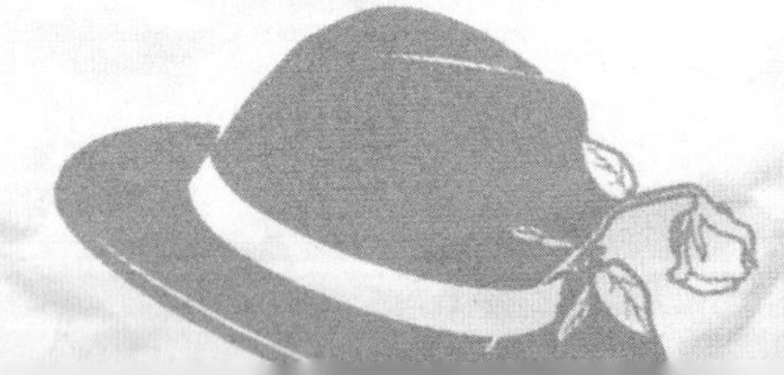

意應該沒問題的，那麼難關就捱過了。退一萬步，最壞情況還可以抵押物業、股票、車、名錶等等資產來營運公司。所以，表面上，延浚仍然是一副生意成功、生活富裕的模樣。

延浚一直保持著不存在變數的生活，好讓他避免內心浮現負面情緒，然而任晞宇的出現，引起了他的猜疑，尤其是對方比自己成功，便視之為一個假想敵。

拍賣會籌備得七七八八，延浚本應在場監督，卻選擇了去烘焙教室附近監視，一直躲在工廈樓下。那雙凝視著任晞宇來來回回的眼睛，就是充滿疑心的延浚。

「他該不會又在我的妻子面前半裸吧？」

當他站在烘焙教室門外打算突襲時，卻收到公司員工緊急來電的壞消息。

延浚失聯數天，還存在著一個擔憂的人——延浚的母親。她因為腳傷而待在家中，無法外出，只能著急地聯絡致寶。

致寶首次開班之日，枱上放滿製作馬卡龍的材料。晞宇在旁作最後提醒：「麵糊太稀，攪拌時間太長，都會導致馬卡龍無

法定型。」

但這句話並不是提醒致寶的製作技巧，而是叫她記得說出這句話。關於開班的安排，晞宇並不會在課堂中出現，只會預先將烘焙技術教導致寶，再將一份幾乎以對白形式寫成的講稿交給她，換言之，致寶正在飾演一位烘焙師。

還有半小時作最後準備。

電話響起，范媽來電，致寶接聽。

「喂？」

「妳在忙嗎？」

「暫時可以，有甚麼事？」

「我的腳弄傷了，聯絡了延浚好幾天了，但他都沒回電，沒事吧？」

「喔，沒事沒事！可能他最近工作忙吧，我叫他致電給妳，不然這樣吧，我晚一點過來妳家好嗎？」

「沒事就好了。如果妳有事要忙的話就不必過來了。」

「怎麼可以！我晚上過來，妳等我，我也致電延浚叫他回覆妳吧。」

「好……好！」

掛線了。

致寶一臉疑惑。在延浚的規律生活中，包括每天都會關心母親的狀況，絕對不會因為兩人之間的爭執而改變。

「算了。今晚再問問看吧。」

眼尾留意到晞宇板著臉，致寶也不敢怠慢，背誦著「對白」，繼續備課到最後一分鐘。

「叮！」

「叮！」「叮！」

「叮！」「叮！」「叮！」

連續有五個訊息傳來，致寶還以為又要被晞宇責罵，但聲音來源是晞宇的手機。真是稀奇罕見，竟有人聯絡他？

晞宇略為分心的按了幾下手機，致寶找到反擊機會：「不是說要專注嗎？」

晞宇也覺得煩厭，直接把手機關掉。

【致寶，我們現在上來。】

收到許嵐的通知，致寶心吸口氣，充滿著期待而沒半點畏懼，直到那五位學生到來……

許嵐開門後，逐一介紹，第一位是城中富豪的妻子，接下來則有資深女大狀、著名女演員，還有兩個是議員及大型美容店的老闆。就連管理員都因為大廈外停泊著數輛名車而驚訝著。她們所散發的氣質，將已是家庭主婦的致寶，甚至在上流社會打滾多年的許嵐都完全比下去。

「妳們好，叫我致寶可以了。」表現不錯，還可以穩住陣腳自我介紹。

但眾人仍擺著一副看不起人的撲克臉。直至許嵐關上門，拉起窗簾後，五個女人都同時鬆一口氣，脫下高跟鞋、解開紮起的頭髮、甚至脫下胸罩，隨意的在烘焙教室坐著，態度一百八十度變得友善、親和、又八卦……

「怎樣怎樣，捉到情婦了嗎？」城中富豪的妻子問。

「哈！離婚的話就可以分身家了？」女演員插嘴。

「以她老公的性格，應該有簽婚前協議……」女大狀分析。

「跟傳媒爆料吧，我有相熟的記者可以幫忙。」女議員隨意地說。

「嘿……等我先蒐集更多證據！」大型美容店老闆總結。

這本來恍如上流戰爭的美劇場面，搖身一變成為八點檔的肥皂劇，眾人也不再顧及儀態，高談闊論著。

「甚麼情況……？」像個局外人的致寶輕聲問許嵐：「妳怎麼不覺得出奇？」

「哈哈！」許嵐笑著答：「她們在我的辦公室也是這個樣子，現在好了，有個更好的地方讓她們宣洩。」

「她們大可以去些更高級的會所呀！」致寶仍不明白：「怎麼會看得上眼這裡？」

許嵐解答：「愈多人就愈麻煩，這裡就只有妳一個，現在妳已得到她們的信任了，不用擔心。」

「幸好她們不知道晞宇躲在房內……」致寶輕聲說。

「總之，再堅強的人都害怕孤獨，妳當她們是普通人就可以了。」許嵐說罷，提起手袋，準備離開。

「妳要走？去哪！還以為妳會留在這裡陪我。」致寶驚訝問道。

許嵐給了致寶一個三十多年來都未聽過的回覆——「我要去跟男朋友約會～」

望到許嵐那副含羞答答的少女表情，令致寶不禁自問，今天到底要承受多少衝擊？

致寶：「誰？」

許嵐：「高！賀！晨！」

致寶：「甚麼！早點說嘛！連我都要隱瞞！」

許嵐：「我夠鐘走了，遲些再跟妳說吧。」

洋溢著戀愛氣息的許嵐，逐一與五位女學員道別。

算是個好消息吧，致寶為著這個最佳閨蜜終於認定真命天子而甜笑。

「難怪她今天特別濃妝！」

現場只剩下致寶與五位學員。

果然如許嵐所講，她們已適應在這間烘焙教室互動，當致寶再次介紹自己後，她們恍如學生聽到上課鐘聲般圍在致寶身邊。從言行舉止來看，她們的確非常放鬆。

「殷老師！今天學甚麼？」

「之前說過了！馬卡龍嘛，妳又問！」

「想學！想學！」

「開始吧！」

「會不會太複雜？我對烘焙零概念，怕跟不上……」

上堂期間，晞宇藏身在房間，不時聽到門外的吵鬧聲，總是在討論是非八卦、感情問題，甚至有人激動得說笑要把老公殺掉，讓人懷疑她們到底有沒有在認真學習烘焙。

而晞宇一直收到谷雅莉傳來的訊息。

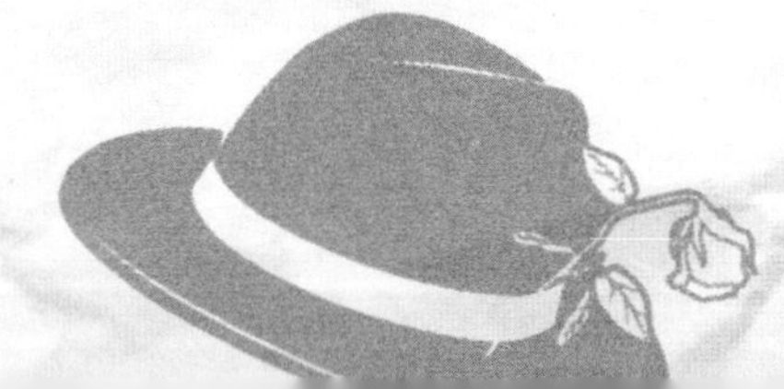

「*真後悔將號碼留給她。*」

不到幾分鐘，又一則。但晞宇依舊沒按進去看內容，直至雅莉致電視訊通話，晞宇真的無法容忍，拒絕接聽後，打算直接封鎖但又念在舊情上，儘管看看她有甚麼想說，由數天前的第一則訊息讀起。

【欸！！今天在市場碰到你嚇死我了！】

【你成熟超多欸！但依然很帥，現在有在健身嗎？】

【拜託回一下會怎樣～我又不會吃了你！】

【認真問！你現在有女朋友嗎？】

【嘿，原來你現在住這裡喔！有緣再見！】

附圖是烘焙教室外的環境，跟蹤狂也不只有延浚一個。

【快回！我知道你看到訊息了啦～】

本來還可以直接無視及封鎖，但想不到雅莉會煩人到如此地步。暴露了行蹤及位置，若然因為招惹了她而影響致寶及許嵐，而自己也無法再避世休息，實在是最壞的情況。晞宇只能暫時配合她，希望聊一聊後，她感到沒趣就會消失。

【抱歉，我平日很忙，少看手機。】

這短短一句，能滿足她嗎？

【吼～是不是嫌我訊息跳太多視窗嚇到你！放心！我只是

見到個舊朋友太高興而已。其實我平常也很忙也很被動，不會太主動跟人聊天，不會像以前那麼黏人。有空出來喝杯吧，我請客，別拒絕我喲！】

「嗯。」應該能放心吧？

不夠一分鐘。她又傳來一張照片。

【這貓咪很可愛是不是！】

「……」真讓人無語。

晞宇決定向許嵐求救，或許身為谷雅莉的前室友，會比較了解這個人。

他向許嵐傳了一句：【我被纏上了。】

一間大受歡迎的日本餐廳內。

「我們不是說過吃飯時要放下手機嗎？」

這把溫柔地埋怨的聲音，來自高賀晨：「我們等了一個多小時才能入座，該好好享受吧。」

坐在他對面的是許嵐。

「我又不是在處理公事。」許嵐收到晞宇查問谷雅莉的訊息，回了句【幫你打聽一下】便收起手機，抬眼再回應高賀晨：

「你真以為自己是我的男朋友了。」

「既然不是，那麼我腦裡的想法也輪不到妳管。」高賀晨與她鬥嘴：「我甚至能夠以為妳是我的妻子。」

在高賀晨那個眼睛瞇成一線的笑容裡，存在著想喚起許嵐積極生存的一絲希望。之前，他與許嵐的主診醫生溝通時，得知許嵐決定不做化療，便一直隱藏著悲傷。對，自己根本不是她的誰，也沒重要得足以影響她的想法，愈反對只會惹來反感，所以他暫時的計劃是，讓自己在她的心裡逐點逐點築起份量。

許嵐吃完滿枱的食物後問：「接下來去吃甜品，好嗎？」

高賀晨禁不住又笑了：「妳還吃得下？佩服！」

許嵐：「我為了維持好身材，管住了嘴巴二十多年，現在終於不用擔心變重了，還不拼命吃到夠嗎？」

高賀晨：「好，好，好！妳想吃甚麼我都陪妳。」

兩人雖然在整餐飯都有講有笑，但當中掩蓋了多少哀愁，就只有他們自知。忽爾，許嵐又提出：「不如我們遲些真的去一次日本？」

烘培教室內。

五位重量級學生離去後，致寶在執拾東西。晞宇從房間走出來，望到枱上的製成品。

「這些是甚麼……」

一堆像泥漿的「馬卡龍」。

致寶不急不忙地展示著一些照片，解釋：「你別誤會，她們成功做出馬卡龍，只是想法有點奇特……」

「講。」晞宇。

「她們説馬卡龍做得太漂亮了，反而令人有種想壓碎的衝動，在過程中宣洩了內心的不滿……是不是有點反社會？但我們沒規定不讓她們這麼做……」

「哦。」晞宇不太在乎：「隨她們喜歡。」

晞宇轉身回到房裡，像想到了甚麼。

致寶把用具清潔好後，把今天練習後剩下的可頌及馬卡龍放進手袋，便向著晞宇房間的方向喊道：「我今天有事處理，要走了。」

沒得到回應。

「嘖！再見都不説一聲。」

房內，晞宇拿著筆記本，低頭畫著一個魔術方塊的設計草稿，在聽到致寶的聲音時停了筆。

致寶踏出烘焙教室，手機響了一聲，收到晞宇的訊息。

【再見。今天表現很好。】

竟還附帶一個卡通麵包舉起拇指的可愛貼圖。

致寶自然的笑起來，跟著貼圖的動作，給了自己一個讚。

許嵐與高賀晨吃完甜品後，散步到許嵐租住的酒店，高賀晨為自己正牽著許嵐的手而全程甜笑。

「明天妳想吃甚麼，再告訴我吧。」在酒店門口，高賀晨不捨地道別：「再見。」

「欸？」許嵐表情疑惑。

「……？」高賀晨不懂該給甚麼反應。

「你不上來？」許嵐開玩笑：「難道你嫌棄我嗎？原來這麼沒紳士風度啊！」

「不！不！不！我不知多想！」高賀晨著緊起來：「我意思是……想陪妳。」

「那就別廢話了。」許嵐又牽著高賀晨踏入酒店。

電梯內，高賀晨緊張得整個人都僵硬起來。

許嵐忍不住調侃他：「又不是第一次，幹嘛裝純情！」

高賀晨答：「我不知道該不該在這種時候跟妳……」

電梯快到達許嵐所住的樓層，許嵐回應：「病人也有做愛的權利吧。跟吃東西一樣啊，我也要盡情享受。」

踏進房間，高賀晨也卸下內心的包袱，全情投入的讓許嵐感受著最激情的滿足，許嵐緊擁著高賀晨厚實的背肌。情慾的快感，讓兩人暫忘一切。

事後，許嵐穿上浴袍，點燃了煙，走向露台，望著落地玻璃外的夜景，呼出煙圈。倒影中，躺在床上的高賀晨問了句：「妳真的不讓她知道嗎？」

致寶到訪延浚母親的家，按著門鈴。

裡頭面積過千尺，裝潢奢華，對一個老人家來說空間實在過大。

腳傷的范媽拿著拐杖開門，她面有難色地問致寶：「妳看到報道了嗎？」

「嗯，我知道啊，進來再慢慢跟妳說。」致寶心想：***「原來她也留意到巨型蛋糕一事，解釋起來就方便得多了。」***

「那該怎麼辦？」范媽：「延浚會有事嗎？」

致寶不太明白：「會有甚麼事？」

范媽向她展示著手機裡的一則新聞：「策展公司貪平犯錯天價古董即場粉碎」。

【第九章】
停電這一夜

致寶細閱著該則新聞後，從標題其實已略知整件事。

延浚的公司負責一場古董拍賣會，但因為展示台的機器出錯，導致其中一件價值數千萬的古董掉下粉碎。單從金額上，已令致寶想像到事情有多嚴重。

尤其是，范媽讀到新聞後續的評論，分析出延浚要承擔天價賠償，據合約所寫是估價的三倍，更有機會面臨入獄的制裁，令她更為憂心，握著致寶的手：「現在還聯絡不上延浚，不知道他的情況……」

本以為純粹是夫妻間的冷戰，致寶一時間也不懂面對，只能在范媽面前故作鎮定，強顏歡笑：「放心，新聞總是寫出最壞情況，或許查清楚後，根本不關延浚的事，又或許保險公司會處理賠償，總之妳先好好休養，我現在就回去問清楚延浚，事情處理好就過來陪妳吃飯好嗎？」

「一定要喔……有消息立即告訴我。」范媽又說：「我再煲妳最愛的栗子雞湯。」

「好！我先扶妳回房間休息。」

安頓好范媽後，致寶回到私家車上，腦裡閃過之前吵架時，延浚的一句：「原來我們夫妻之間要透過新聞消息，才知道對方的事。」

「他現在最有可能是躲在公司吧。」

憑著夫妻間的了解，致寶啟動引擎，前往他的辦公室。

延浚仍呆坐辦公室，心情差得連只剩一半的杯麵都吃不下。

他致電著男助理，對方卻關掉手機。這個罪魁禍首已失蹤了幾天，氣得他將杯麵扔到地上。

「枉我這麼信任他……」

房門外傳來腳步聲。延浚有一刻想過躲在枱底下，但推開房門的人是致寶。

正常來說，面對著人生隨時毀於一旦的難關，都會想最親密的人能陪伴自己，但延浚會一直躲在公司，最大的原因卻是想避開這刻竟站在面前的妻子。

致寶第一次見到如此落泊憔悴的丈夫。她的態度既擔憂又生氣。

「為甚麼不告訴我？」致寶問道。

「我看到妳做的蛋糕了，挺厲害的。」延浚亂回。

「現在甚麼情況？你媽弄傷了腳，還要為你的事情費心。」致寶再問，語氣略有責怪。

「嗯。」延浚執拾著凌亂的枱面：「我會聘請鐘點工人照顧她。」

延浚把地上的杯麵扔進垃圾桶，眼角也沒望著致寶，冷漠地說：「公司的事不用妳為我操心。妳管好自己的事，不要再為我添麻煩已經夠了。」

延浚將致寶說成一個經常讓人苦惱的女人。

「況且妳也幫不到我甚麼。」延浚數算著：「妳懂法律嗎？妳懂合約條款嗎？妳只懂做麵包而已，還有甚麼巨型蛋糕……真是個壯舉啊！」

致寶：「拜托你說話不要那麼難聽。我是擔心你才來看你的情況。」

延浚：「沒有人叫妳來的，現在還要我顧及妳的感受？會不會太離譜？拜托妳回家吧，別留在這裡煩著我。」

雖說，眼前這個男人情緒失控理應要被諒解，但致寶的內心仍被帶刺的話語重擊，並不是想過濾就能當作沒聽過，還是會被氣得眼眶有淚。

致寶的袋子裡，還裝著一個已學有所成的可頌，本來想在冷戰結束時讓延浚嚐一嚐，沒想過事情這麼糟糕。

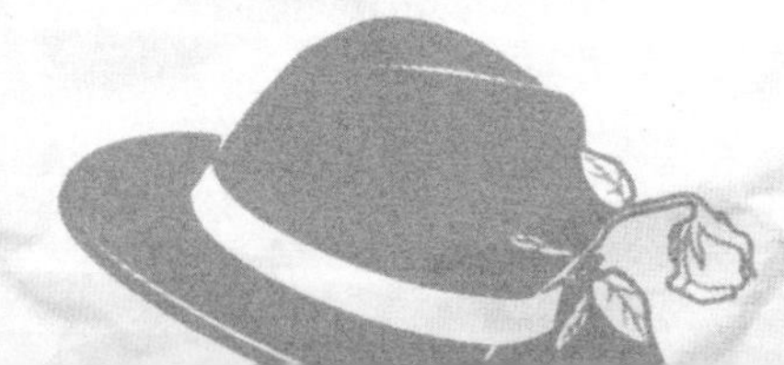

她還是把可頌放在枱面上。

「你肚餓就吃吧。」

致寶轉身離開。

延浚深知這次真的走投無路，他第一時間已查閱過保險條款，因錯信男助理而購入了一批偽造安全證書的二手器材，保險公司有拒賠的理據，至於賠償一事，即使按法律處理亦不是一時三刻就能解決，聲名狼藉，公司倒閉就必然，但個人責任要怎麼承擔，還是未知之數。

延浚從抽屜拿出了第二部手機，輸入了一個訊息：【嗨，已不知道怎麼愛她了，也盡力維繫過，妳覺得我該離婚嗎？】

「晞宇，你不喝酒嗎？」

「戒了。」

晚上十時左右，坐立不安的任晞宇身處於一間喧鬧嘈雜的酒吧中。他忍受不了谷雅莉的煩人訊息轟炸，決定長痛不如短痛，速戰速決的即晚就應約，打算以一貫目中無人的態度讓她死心，別再纏繞他。

「我去一去洗手間。」晞宇離座。谷雅莉的視線一直停留在身影漸遠的晞宇身上，生怕獵物被其他人搶走。的確，每當晞宇與女生擦身而過時，那些女生都會主動搭訕，只是晞宇對這些打扮艷俗的女人沒好感，連眼角也不想瞄半秒。雖被無視，但她們單是看到晞宇的臉，就禁不住湧現滿滿的幸福感。

終於找到一個較安靜的角落，他立即向一個人致電求助。

「喂，在哪？」

「街，甚麼事？」

她的聲線異常低沉，明明一整天在烘焙教室還好端端，是出了甚麼事嗎？隔著電話，就算晞宇懂讀心術，也猜不到對方剛與丈夫鬧得不愉快。

「有事想妳幫忙。」晞宇還是說了出口。

致寶收到晞宇的來電前，正在街道上漫無目的走著。走到停泊在路邊的私家車時，慣性反應拿出車匙，卻又收回手袋裡，繼續向前走。

「吵架後回到家只會更覺得孤獨。」

分不清致寶臉上的是倦容還是愁容，電話響起，來電者是晞宇，她的眼神閃過一絲疑惑。

「這個人怎麼會在這時候致電給我？」

或因看不到臭臉的緣故，晞宇在電話裡的聲線沉穩又溫柔，他說：「現在有空來酒吧嗎？就在烘焙教室附近。」

「喝酒的話，找許嵐較好。」致寶真心覺得。

「找不到她。」晞宇那邊非常嘈吵。

「也是，我傳的訊息她也沒有回。」

此刻的許嵐關掉了手機，正與高賀晨激情纏綿。

「放心，不是要妳喝酒，只是陪我見一個人。」晞宇解釋。

「誰？」

「我的初戀女友。」

「欸！？」

這就更加令人費解。晞宇一時三刻無法清楚解釋他的計劃，他不是要許嵐裝成他的女朋友，只是無法獨自應對谷雅莉，而又成功在不得失她的情況下，全身而退。一個陌生人加入，尤其是女性，應該能搞砸谷雅莉想營造的曖昧氣氛。到時再應酬一會，便能說走就走。

「我需要妳。」晞宇只輕輕吐出這四字，概括他的想法。

然而，這短促的一句刺激到致寶的腎上腺素，被一位她自第一眼看到，便打從心底裡敬重的人需要，實在無法拒絕晞宇的請求。

狀態本來呆滯的致寶，臉上回復氣色，回答：「給我地址。」

掛線後，致寶回身，加快了腳步，走向不遠處的私家車。

晞宇返回座位，谷雅莉馬上換回那張勾引男人的嘴臉。

枱上放著一杯甜酒，但被晞宇推走到一旁。

雅莉：「跟我分享一下法國的生活嘛，我也很喜歡巴黎！」

晞宇：「沒特別。」

雅莉：「我看過你的訪問，明明很健談，但對著我就冷淡起來？難道你不想念我嗎？」

晞宇：「訪問有講稿。」

雅莉：「哦！沒否認不想念我，那就對了，我也很想你。當年你突然一走了之，要怎麼補償我？」

晞宇：「……」

雅莉：「哼！快點想啊，你真的要好好補償，承擔當年的責任。」

晞宇：「那今晚由我結帳。」

雅莉：「就這麼？」

晞宇沒回應，把頭別過另一邊，氣氛又再尷尬沉寂。本來他大可以如常的站起來一走了之，但礙於對方不算陌生人，知道他太多往事，處理不好會惹起麻煩，但面對著心懷不軌的人，他實在無法裝起虛假的笑臉應對。

谷雅莉見攻勢沒效，直接坐到晞宇身旁，挽著他的手臂，

靠在他的肩膊：「好啦好啦，我說笑而已，早已原諒你啦。」

晞宇出於本能，大力甩開了她，站了起來，枱上的甜酒被撞跌。

晞宇嘆了口氣：「我去幫妳點過另一杯。」

谷雅莉的內心雖有不滿卻又要容忍，被迫笑著答：「你幫我選吧，謝謝喔！」

晞宇借機離開，在吧枱待了一會，男酒保也禁不住問他：「帥哥，你身邊的女人已是全場最漂亮，身材也好得無法挑剔，這樣也不對你胃口嗎？未免太揀擇吧！」

晞宇笑了笑：「那麼，請幫我調一杯讓她快點醉倒的酒。」

男酒保打了個眼色：「沒問題，帥哥，包在我身上！」

在酒保調酒期間，晞宇收到致寶的訊息告知已抵達門口。

「我去接個朋友，麻煩你等一下將酒送到枱上吧。」

晞宇穿過人群，走到門外，以從來未見過的笑容望著致寶：「靠妳了。」

「等一等，怎麼了？」致寶一邊問，一邊打量其他女生的衣著，自覺今天實在穿得過於樸素……

「妳甚麼都不用做，聊聊天就可以，待一會我們就走。」晞宇解釋。

「呵，我知道了，看你這副無助的樣子。我也聽許嵐說過你的初戀女友很難纏。」致寶醒目地猜想：「你是想……我幫你破冰，讓大家好來好去吧！」

「總之妳不要亂說話就可以了。」

「你放心，我也不太清楚你的事。」

踏入酒吧前，晞宇回復認真的眼神叮囑：「妳不要提起烘焙教室的事。」

酒保在晞宇的枱上放了杯酒，向谷雅莉笑說：「小姐，妳很漂亮，可以要妳的電話嗎？」

谷雅莉以不屑的眼神回望：「滾開，別煩。」她的撒嬌與擠眉弄眼，只會投資於對她有利的人身上。

「啊！？」

晞宇帶著致寶回來，讓谷雅莉感到莫名。

「她是……？」

「我朋友！」晞宇一改狂妄自大的態度，笑著介紹。

「朋友……」谷雅莉打量著致寶，心想單計樣貌及身材都不及自己，應該不構成威脅，分析過後友善的回應：「請坐吧，很高興認識妳，先喝點東西吧。」

谷雅莉將酒保剛送到的酒遞給致寶，致寶說了聲謝謝。

致寶喝了一小口，晞宇才猛然想起，那杯酒是他要求酒保調製得特別易醉的……

晞宇馬上搶走那杯酒，一口灌到底，另外兩位女士呆望著他。

「我口渴。」晞宇裝作若無其事。幸好晞宇在外國期間，經常要為設計菜單而試酒，這杯特調對他來說，完全起不了作用。

致寶所散發的氣場要脅不到谷雅莉，所以谷雅莉對她尚算有善，有了致寶的加入，明顯令氣氛緩和。兩個女人在閒聊，晞宇安然自在的不吭聲。後來興起，致寶還點了半打啤酒三人平分。

畢竟忙了一整天過後，還去了探訪范媽及與延浚吵架，處於微醺狀態的致寶頗有倦意，閉目了一會。谷雅莉見狀，突然挨向晞宇，摸著頭皮說：「哎……身體好像有點不適，可否送我回家？」

晞宇這次反應沒那麼大，站了起來，在致寶耳邊說了幾句，致寶模糊的向谷雅莉揮手拜拜。

晞宇則以沉寂的眼神望向谷雅莉。

「走吧。」

經過酒保身旁時，酒保又向晞宇打了個眼色。

兩人踏出酒吧門口。

大概幾分鐘後，酒保又在致寶的枱上放了兩杯酒。致寶睜開雙眼，疑惑地抬頭一望。

「我沒點酒啊？」

「妳是那個帥哥的朋友吧？請你們的，免費！希望你們下次再光臨。」

「喔……謝謝。」

致寶喝了大概半杯，味道甜甜的容易入口。

「喔，他剛剛在我耳邊說甚麼？是叫我自行回去嗎？」

致寶站起來想去洗手間，但走到半路時，頓覺天旋地轉，身邊傳來一把男聲：「小姐，妳沒事嘛？」

這個在酒吧覓食的男人愈靠愈近，手亦愈來愈不安分，正當他想吻向暫不清醒的致寶時，一雙手從上而下的壓在他的頭顱，將他推倒在地上。那男人回過神來，從地上爬起時，本想破口大罵，卻被眼前的男人震懾，居高臨下的氣勢讓他身體發軟。

「滾。」

覓食男倉惶離去，直接逃出酒吧。

致寶仍未清醒，但這張熟悉的俊臉，她還是認得出來。

「任晞宇？你不是走了嗎？」

十分鐘前。

晞宇與谷雅莉步出酒吧，他馬上甩開谷雅莉的手：「陪妳等一會，沒計程車的話，我替妳叫車。」

「啊？」谷雅莉像聽不明白：「你不陪我回去？」

晞宇板著臉：「有必要？」

谷雅莉：「凌晨時分，一個女人走在路上很危險。」

晞宇笑了笑：「應酬了妳一整晚，給夠妳面子吧？」

一輛計程車駛過，但誰也沒伸手攔車。晞宇不讓谷雅莉鬼話連篇，直接拿出手機的證據：「我跟許嵐打聽過了，她說妳在這幾年問一班舊同學借錢卻又欠債不還，如果妳覺得危險的話，我可以隨時叫這班苦主來保護妳，相信他們都樂意立即過來。要不然，我直接聯絡妳的丈夫？」

「……是前夫。」谷雅莉低著頭，再也笑不出來，眼神帶點倔強。

晞宇續說：「今天就當我甚麼都不知道，念在舊情見面，但以後妳就別再煩我了，否則妳知道後果。」

谷雅莉被識破潦倒的現況，也不願再說甚麼，再望晞宇一眼，苦笑了一下，便依依不捨的轉身離開。

晞宇扶著九分醉的致寶離開酒吧，踏出門口前，瞪了酒保一眼。

「你這個賤男，放開我！」致寶在街上突然大叫，弄得晞宇一臉尷尬，還好街上途人不多。

「把她送回家應該不可行吧。」

致寶的狀態連家中的地址都說不出來，晞宇攔了一輛計程車，決定先帶她回烘焙教室。

在車上，司機從倒後鏡望著他們，叮囑著：「在車上吐的話要付清潔費。」

晞宇沒回看他，只答：「行。你專心駕駛。」

車廂內有點冷，晞宇吩咐司機調高溫度，再脫下自己的襯衣披在致寶肩上。

「怎麼她今晚喝得這麼多。」

晞宇的視線沒離開過她一眼，彷彿看穿了她的內心。

「司機，有點熱，勞煩還是調冷一點。」

「你真麻煩！」

不知道是酒精的影響，還是致寶整個人放軟的靠在晞宇胸口上，太久沒與女人有身體接觸的晞宇覺得身體內傳來一陣熱度，臉頰漸紅。他歸咎於車廂太侷促，於是打開車窗通風，並將視線轉移到車窗外的風景。

「怎麼回事？」

晞宇扶著致寶下車後，環顧著四周漆黑一片。當計程車駛走後，在街燈都沒亮著的情況下，眼睛需要一點時間適應黑暗。

走了幾步，烘焙教室的大廈管理員亮著一盞手提燈，他有禮貌地主動開門及打招呼。

「你們好！」

「發生了甚麼事嗎？」

晞宇仍扶著半醉的致寶，碰上這種突發情況，感覺更加詭秘。

「喔，這區電力出現問題，已經緊急維修中了。我記得你們是開烘焙教室，可能要看看雪櫃的情況。」

「好的，謝謝你，我現在就上去看。」

「電梯也停止運作了……」管理員還以為他們會因停電而離開。

「沒問題的，樓梯在那邊吧？」

「對，我帶你們過去！」

管理員照亮著前方，帶二人走到樓梯處。

「要借你嗎？」管理員把手提燈遞向晞宇。

「不用了，謝謝。」

管理員離開後，現場環境又回復漆黑，晞宇沒打開手機電筒功能的原因是……經過考慮後，他決定背著致寶走上樓梯，以她輕浮的腳步，萬一失平衡掉下去，兩個人都有危險。

「她應該不會太重吧……」

背上致寶後，晞宇臉色一沉，或許是她最近試吃太多甜品了。一層一層地走，體能甚好的他，還是足以應付。

酒醉三分醒，路程到一半時，致寶其實已回復到六分，睜開雙眼，知道背著自己的是誰，知道身處哪裡，也知道暫時不作聲比較好。畢竟走了這麼多層，他都喘氣了，再要他開口解釋就太不人道了，還是繼續享受被人背著的安全感吧。致寶又再閉起雙眼，頭繼續靠在晞宇的背上。

到達烘焙教室門外。

「謝謝你。」

致寶忽然在晞宇的耳邊開口，令晞宇嚇了一嚇。他緩緩地曲膝蹲下，讓致寶安全著地。

「原來妳醒了。」

「嗯，先進去吧。」

晞宇沒對當下的情況解釋太多，兩人心言而喻，表面上如常開門，心底裡都被或多或少的曖昧感微醺了腦袋。

烘焙教室內，就只有從露台滲進的微光，僅僅夠看清近距離的物品。晞宇將雪櫃裡會變壞的材料一一取出，致寶站在他旁邊幫忙整理。

「我剛才說的謝謝……」致寶開口：「是指酒吧裡的事。」

「喔。」晞宇停下手，回身望著她：「原來妳記得這麼多，妳該不會是一直裝醉，真正想騙色的人其實是妳吧？」

「你猜對了，所以現在你很危險。」

致寶從雜物中取出一罐啤酒，咔滋一聲就喝了一口。

「又喝？還不夠嗎？」晞宇問。

「沒辦法，啤酒變熱了就不好喝，別廢話了。」

致寶將另一罐啤酒遞給晞宇，他也喝了口。

「這樣才對嘛！」致寶助興著：「乾杯！」

晞宇配合著她，依然覺得她滿有心事，對答才那麼反常。

「去露台吹一吹風？」致寶提議，晞宇「嗯」了一聲。

在只有月光的環境裡，摸黑交談讓人更易開口。興之所至，晞宇也不轉彎抹角，直接問道：「妳有心事？」

「嗯？」致寶反問：「直覺讓你這麼想嗎，還是許嵐跟你說過甚麼？」

「不是直覺。」晞宇湊近了致寶：「看妳的眉心都往上翹，要變八字眉了，還不是有心事嗎？」

「你在說笑話哄我？」致寶冷笑回應。

「我不會，也不懂。」晞宇別過臉，同樣望著遠方，彷彿心底裡也存在一個深淵。

「的確被你說中了。」致寶再次引起晞宇的注視：「家裡出了點事。」

「丈夫嗎？」晞宇猜測。雖然兩人曾在錯誤的視訊通話中見過一面，但晞宇已不記得他的樣子，平日更不會八卦別人的家事，所以對致寶的婚姻關係狀況並不了解。

雖然經常與致寶共處一室，但晞宇也沒做過任何越軌的

事。假如是她的丈夫仍有所誤會，實在沒辦法，晞宇也不會幫忙澄清，他向來抱持著這種事不關己的想法。

「嗯。」致寶灌了口酒：「他的公司最近出現問題。」

「那就好了。」晞宇低聲說著。

「好？」致寶竟聽到。

「……只怕是婚姻。」晞宇急著解釋：「那就難解決多了。」

差點說錯了話，晞宇裝作不慌不忙的灌了口酒。

「那是另外的問題，而且解決不了。」

對致寶來說，人生的問題分為兩種，一是有即時影響需要立即處理；二是已經無法解決，只能慢慢被蠶食，除非能找到逃生口。她的婚姻屬於後者，而她正循著逃生口的方向前進。

致寶回答後，消愁的啤酒罐又注滿了唏噓，氣氛沉寂了一段時間。明月高掛夜空，照亮著靜默的兩人。

「你呢？沒聽你提起過戀愛的事。」致寶將焦點轉移到晞宇，說一些稍為降溫的輕鬆話題：「你在法國一定很受歡迎吧？說些情史來聽聽！有的是時間，最多我再喝多一罐啤酒。」

「妳是純粹想喝酒吧……」

待致寶又取了兩罐啤酒回來，一人一罐，晞宇不忌諱地答：「像我這種人，沒資格戀愛。」

致寶差點噴了口酒，原因並非太驚訝，而是一個內外兼備、身家豐厚，才華洋溢，條件好得要動用數百個揮春賀詞才足以形容的人，居然會說出這番話！？連他都沒資格，未免太輕蔑世人，將人類趕盡殺絕吧。

致寶氣得翻白眼：「哪種？請說明。」

「無法感受快樂的人。」晞宇並非說笑，認真的望著致寶回答：「成功不一定活得快樂。」

晞宇花了多年時間和心機，專注地做好烘焙的工作。他在腦裡回顧著由學徒做到大師之間，那些徹夜無眠，只有痛苦的孤獨晚上。對別人有效的娛樂及放鬆方法，又或是正常不過的人際關係和社交互動，都不適用於他身上。他拼命的爬上了頂峰，但發現身邊已沒有多餘空間，人生裡只能容納他這個孤高之人。

「有時啊，我會安慰自己說。」晞宇續道：「其實閉起雙眼，全世界就只剩你一個，甚麼人都不用理會，甚麼事都不用執著。其他人覺得我擁有很多，但我已不在乎。」

晞宇像是找到吐出鬱結的時機，盡情講述了旁人不會明白的心聲。

「我明。」

「喔？」

晞宇表情疑惑，致寶碰一碰他手上的酒罐：「我身邊也有

這樣的人。」

此時此刻，同樣唏噓地凝望著月光的人，有從酒店房望出落地玻璃外的許嵐，以及站於天台上抽煙的范延浚。

煙圈緩緩飄上夜空，化成落寞的雨。

「哎！」致寶伸手接著突如其來的雨點：「怎麼突然下雨……」

雨勢不算太大，但打在臉上還是有感覺。致寶轉身走了幾步，打算返回室內，但晞宇卻沒有動身的意圖。

「你不打算避雨嗎？」

晞宇搖搖頭：「想清醒一下。」

致寶回身，走到晞宇旁邊，肩貼肩並排站著，距離比剛剛還接近。

「那我陪你。」

兩人對上眼神，細看著對方的輪廓，眼睛裡暫存彼此的身影。雨水沿著鼻樑滑下，濕潤了雙唇，晞宇微微一笑，致寶紅臉醺醉，有那麼的一剎，泛起接吻的衝動。

在這片漆黑的深夜，其實沒有人會過問他們做了甚麼，但兩人都按捺著莫名湧現的念頭。

不讓一絲短暫的情慾，毀了難得相遇的關係，愈重視便愈要輕放，別讓驟雨沾污脫俗的情感。

比起米芝蓮星級甜品店，這裡只是普通不過的烘焙教室，但對身不由己的他們來說，卻存有容許他們追尋自我的自由，在不滿足的生活裡夢想真正的快樂。停電夜的這場雨，確認了他們當初的猶豫。

晞宇察覺，他的不負責任是在對自己負責，雖然要承擔後果，但人生最重要還是自己的意願。

致寶一直抑壓著心底裡想脫離一段關係的念頭，至今也隨著抬頭的笑臉，被陣雨再次喚醒。

當雨停下時，致寶的電話響起。

「甚麼……」致寶語帶驚恐。

電話的另一方傳來一則噩耗。

【第十章】
刻妳在心底

「怎麼會這樣……」

致寶掛線後，慌亂地返回室內。不知情況的晞宇只能站著，望著致寶在確認手袋裡存有車匙後然後衝了出門。

門外仍是漆黑一片，但時間緊迫，致寶要趕快下樓，一秒都不能浪費。當她毫不猶豫踏下第一級樓梯時，後方傳來聲音。

「我照著妳吧，妳小心點。」

晞宇開啟了手機的電筒功能，照亮了她的前方。致寶點一點頭，有了他的燈光作輔助，能夠急速走下樓梯，而晞宇緊隨其後。兩人小心翼翼，一步一步走到了地面。

「啊……」

踏出大廈門口，致寶停下了腳步。

「怎麼了？」晞宇問道。

「車子泊了在酒吧附近……」

愛開玩笑的上天，總在最糟糕的時刻，略施了小恩惠，碰巧有輛計程車駛過。致寶立即攔車，晞宇跟上並關門。

致寶吩咐司機前往一間醫院，然後致電許嵐。

「喂，致寶，已經這麼晚了，甚麼事？」

晞宇同樣等待著致寶開口，一直喘著氣的致寶著急地回答：「延浚……延浚的母親送院了，有性命危險……」

「哪一間？我現在趕來。」

許嵐得知地點後，拍醒了睡在身旁的高賀晨。

致寶掛線後，亦向晞宇交待：「剛剛我丈夫致電給我，情緒非常激動，叫我快趕去醫院，但沒有詳細講述奶奶的情況……他現在應該已抵達醫院。」

晞宇聽後，現階段也無法安慰或猜測太多，轉向司機：「可以給我一張紙巾嗎？」

他接過紙巾後，遞向致寶說：「抹一抹吧。」

冒著大雨在露台聊天後，致寶滿頭淩亂，全身仍濕透，狼狽不堪。她一邊抹去臉上的雨水，一邊望著車窗外放空，距離醫院也愈來愈近。

延浚站在急救室門外，來回踱步。

大概數小時前，相熟的鐘點女傭答應延浚所託，幫忙照顧

他腳傷的母親，但女傭到達後，卻沒有人應門。

「或許睡著了？」

女傭自行用密碼開啟電子鎖後，問好了幾聲，范媽亦未有回應。她逐處查看，終於在浴室裡發現因跌傷而頭破血流、已失去知覺的范媽。鐘點女傭立即報警及通知當時正在天台上抽煙的延浚。

救護員到場，將范媽送上救護車。在寬敞又裝潢豪華的浴室裡，地上全是范媽的血。在送往醫院途中，范媽的情況已極為危殆。

負責的醫生從急救室出來，延浚立即上前查問情況。

「我媽怎麼了？」

在醫生與延浚交談期間，致寶也趕到了醫院，雖然她已加快了步伐，但從不遠處就看到延浚傷心得抱頭痛哭。心知不妙地走近延浚，每步都變得沉重，致寶與延浚對視時，他說：「醫生說，媽救不回了……」

致寶隨即落淚。

晞宇留意到兩人悲哭，便停下腳步，回身背靠著轉角的牆。無論在情感或身分上，晞宇此時的出現都會顯得突兀。

許嵐與高賀晨抵達醫院。許嵐首先見到晞宇，立即問他致寶在哪，晞宇指一指後方，許嵐便跑了過去。致寶一見到許嵐，隨即緊擁著她，在她的肩膊上哭得更厲害。

許嵐也隨著致寶而傷痛起來，強忍著淚水，輕撫著她的背。在許嵐的腦海裡，閃過一個想法。

「當我也要離開時，她哭著的臉就是這模樣。」

高賀晨向負責急救的醫生了解，低著頭向晞宇道：「醫生說傷者失血過多，救護員到場時，她其實已經停止呼吸。」

「……」晞宇沉默。

兩個男人恍如局外人般，望著悲痛莫名的三人。

白茫茫的醫院裡，延浚母親的死，為此晚蒙上了一片突如其來的哀愁，迴盪的哭聲傳到仍下著大雨的夜空中。

在無情的人生裡，壞事並不會等你解決好一件，才發生另一件。原來接二連三已經是相對上較為幸運。

延浚在面對公司倒閉的低潮期間，更要承受喪母之痛，只能堅強地處理往後的每件事，包括他與致寶的婚姻。

烘焙教室裡，缺少了致寶用心學習的熱誠，只剩下午後的太陽照耀出傢俱的倒影，晞宇獨自在房間裡鑽研著筆記。

紅黑色的本子裡，畫上了一些正方形的初稿。

晞宇等待著在某刻，打開房門後見到致寶，能夠把紙上的

想法與她分享。

自從范媽死後，致寶一直陪在延浚身邊籌備喪禮的事，暫停了烘焙教室的業務，沒有在每朝早七時起床。

夫妻間的相處比平常更為寂靜，除了一些必須討論的事情外，大家都選擇閉口自處，尤其是延浚，經常低著頭，彷彿不願讓致寶目睹他垂頭喪氣的模樣。

致寶每晚睡覺前，都會在心裡告訴自己：*「無論如何，都要陪伴他熬過這段日子。」*

「晚安。」致寶跟旁邊的延浚説。

「嗯。」延浚如常戴上眼罩及耳塞。

生活貌似一切如常，卻又存在著靜默的疏離。

是因為那些突如其來的悲劇？是因為某一方的理想被暫住？還是本來在患難所見的真情，反而讓人更深刻地感受到潛藏於兩人關係之間的阻隔？

屋內最大的變化，是延浚那邊的床頭櫃，總放著兩部手機。延浚像故意的要把之前不敢明言的秘密浮面，就等誰按捺不住打開這個潘朵拉盒子。

數個晚上，致寶也猶豫過要不要趁他睡著時偷偷查看，但鑑於最近所發生的不幸，心臟實在無法再承受預期之外的衝擊。

「我不想知、我不想知、我不想知。」

致寶閉起雙眼，在睡著之前，想像自己處於烘焙教室裡，呼吸著麵包出爐的甜香味道。

延浚母親喪禮當日，最傷感的當然是自小與母親相依為命的延浚。

自小過著清貧的艱苦日子，懂事的延浚一直發奮向上，求學時期總名列前茅，工作上亦比其他人拼命，總算成功躋身中產接近上流的圈子，為母親買了一間過千尺的大屋，更花巨額裝潢得猶如五星級酒店，但最諷刺的是，正正是那個大浴缸奪去了母親的性命。

雖然沒有告訴過任何人他的內心感受，但或多或少都存在著一份自責與愧疚。

同樣由喪禮開始就忍不住嚎哭的人，還有致寶。婆媳關係向來是婚姻中常遇到的紛爭，但范媽一向待致寶如親生女兒般，重視她多於延浚，由於自己經歷過婚姻失敗，也不想下一代延續不幸，所以積極地學習做一個開通開明、善解人意、不會恃老賣老的奶奶。尤其是兩年前，致寶病重，身子非常虛弱，范媽更是百般照料，每天送上親自家烹煮的湯水與補品，

所以致寶覺得，即使對婚姻失去了熱情，在受過萬千寵愛在一身的恩惠下，如非遇到不可原諒的情況，也不會隨便離婚。

親友們紛紛安慰二人，許嵐、高賀晨、任晞宇亦有到場以示心意。延浚與致寶雖有著傷感的共鳴，但每逢兩雙淚眼對上時，總是迴避對方，一直到喪禮完結，送走最後一位親友後，兩人來了一個無言的擁抱，足足擁了五分鐘有多。

更離奇的是，他們在晚上更進行了久違的親密活動，彷彿想從中找到仍然相愛的證明。

延浚母親的俗世身軀化成了各人的回憶，漸漸地，他們接受現實的殘酷，已不再流悲痛的眼淚，只在偶爾想念時沾濕眼眶。

隨著某次晚餐後，延浚的一句：「致寶，這段日子辛苦妳了，妳繼續做妳喜歡的事吧。」

這場悲劇暫時落幕。

【哈囉！】

清晨，正在前往停車場的致寶，發送了一個訊息到烘焙班的群組。

【家裡的事順利處理？節哀順變。】

【不緊要的，殷老師，我們會一直等妳。】

【哈哈，最近跟丈夫發生很多事，要跟妳們分享！】

【雖然很想盡快上課，但妳要照顧好自己。】

【殷老師！！！】

烘焙班的五位女學員輪流回覆。對她們來説，學習烘焙只是其次，能夠聚在一起講是非八卦才是重點。

致寶讀到她們的訊息時，雖然對於被稱為老師有點尷尬，但也覺得窩心及感動，微笑著立即回覆：【妳們約好時間便來上課吧！我會好好備課。】

又再坐到私家車上，啟動引擎駕駛到烘焙教室前，致寶也傳了一句訊息給晞宇，以免他習慣了獨處，突然回去又再撞破他半裸甚至全裸。

【我正在回烘焙教室，請穿回衣服。】

跑步後，剛剛洗完澡的晞宇，的確只在下身圍著浴巾。收到致寶久違的訊息，他充滿期待的笑著回覆。

【妳放心，正在穿。要吃早餐嗎？】

「哦？」致寶先是有點錯愕，再微笑著回覆他一句：【吃！十級肚餓！！！】

致寶啟動引擎，車子駛離停車場，前方的陽光漸漸照在車上。

【嵐嵐！今天想吃甚麼喔？】

工作中的高賀晨傳訊息問許嵐。

【別這麼叫我……甚麼都吃不下了。】

許嵐正在辦公室將東西放進紙箱裡。

【妳喜歡的話，也可以隨便叫我晨晨！】

現在的高賀晨，與許嵐已經親暱得毫無羞恥感，但只限他單方面。

【吃甚麼你決定吧，我沒所謂，但你可以先來跟我一起執拾東西嗎？】

【當然可以！嵐嵐！我現在就過來！】

高賀晨脫下醫生袍，步伐輕快的走出醫院，其他人總覺得他春風滿臉。

兩人相處了好一段日子，已吃過不少頓早、午、晚餐。許嵐的食量由滿枱食物到只吃幾口便失去食慾，身子消瘦了不少，需要花更多心思化妝才能掩蓋病容。晚上陪在她枕邊睡覺的高賀晨，很多時亦由激烈的親密活動改為靜靜的看著她入睡。

兩人相處愈見平淡，像對老夫老妻，但高賀晨對她的愛卻有增無減，哪怕兩人剩餘的時間逐漸流逝，尤其是他，深知道這是一段無法走到白頭的愛情。

致寶站在烘焙教室門外，深吸了一口氣便推開大門，再次回到這個以大自然為主題的地方。

「很久不見了。」

致寶先在心裡跟整個環境問好，再跟在認真做早餐的晞宇打招呼。

「我回來了。」

「過來試試妳的早餐。」

晞宇揚手示意，致寶放下手袋便上前查看。

「這甚麼……一大早就要我吃甜品嗎？」

「還是初步概念而已。」

枱上放著一件經過精心擺盤，由多個不同顏色的立方體組成，用巧克力分層的魔術方塊蛋糕。

致寶湊近蛋糕，已嗅到不同的甜味，輕輕旋轉到另一邊，香氣亦有所變化。

當致寶小心翼翼的想嘗試其中一件方塊時，晞宇著緊的叫住了她。

「不是這樣吃的！」

晞宇從後方握住致寶拿著叉子的右手，突如其來的觸碰，身貼身的近距離，讓致寶心跳加速。

她緩緩的回頭，對上晞宇的視線。他那認真又溫柔的眼神……讓心又再跳快了一點，而致寶的手正被晞宇操控著。

「蛋糕還可以怎樣吃……他要做甚麼……」

「嵐嵐！」

滿有朝氣的高賀晨用力開門，抵達許嵐辦公室。他的熱情已跳出訊息的框框，在現實中同樣不顧形象，流露最真摯的情感。

幾乎已清空的辦公室顯得許嵐的背影更為瘦削。許嵐回身，高賀晨像一頭乖巧的大犬般緊擁著她。

「不用每次見面都抱得這般肉緊吧……」

許嵐笑著，似乎拿他沒辦法，屈服的躺在他懷裡。

高賀晨閉起雙眼，在心中由六十開始倒數著。

「夠一分鐘了！」高賀晨說後，才睜開雙眼，不捨的放開許嵐。

許嵐環顧四周：「明天就要將辦公室交回給業主，大部分傢具我已經找搬運公司清走了，現在只剩下一些雜物……」

許嵐停頓了一下，想到自己的病情，再說：「應該也沒甚麼要留著。」

「如果……」高賀晨神情凝重，稍有遲疑地問：「有東西我想保留的話，可以送給我嗎？」

「你喜歡吧。」許嵐沒甚麼意見。

高賀晨重現笑容：「那開始吧！」

兩人在各處執拾著，許嵐將物品隨意的放進紙箱內，而高賀晨則逐一仔細檢查每樣東西，為自己另外準備了一個紙箱，將那些有紀念價值的物品通通留下，好讓他日後想起許嵐時，能有更多她實實在在存活過的證據，不用擔心回憶會因時間而淡忘。

「啊，這個時鐘是壞了嗎？」

高賀晨發現了一個古典時鐘，時分針停頓在十一時五十九分。拿在手上感覺非常輕巧，鐘裡也不像有任何零件。

許嵐望了一眼便解釋：「喔。那是個擺設，叫『末日時鐘』，用意是假如十二時是世界末日的話，這一刻你會跟身邊的人說

甚麼呢？到了人生最後一分鐘，人才願意說真話。」

「嘩，挺有意思的。」

高賀晨本想將「末日時鐘」放進自己的紙箱，但許嵐取了過來：「致寶送給我的，慶祝這裡開張。」

「嗯……」高賀晨感應到她的情緒：「妳真的不打算跟她說清楚？」

「你看到她在喪禮上有多悲傷嗎？我不想再見到她這樣子，難得她漸漸好起來。」許嵐略為激動：「人總有一死嘛，我不想身邊的人為我哭哭啼啼，就算我沒有患病，也可能在某天因車禍離世。屬於我的生命，我已接受了結局，為甚麼要加重傷感呢，我只想一個人靜靜的走完最後一程，無牽無掛，就算你們之後哭得厲害，我也感受不到，這樣不是很好嗎？」

「……」高賀晨心裡有千萬個原因想反駁，但他尊重心愛的人，只轉了轉方向：「撇開病情不說，那妳對她的心意呢？就像我一樣，我喜歡妳，就算無法成為妳最愛的人，我也希望妳至少會知道。我知道妳想灑脫地離開，但一輩子都無法說出來，不會遺憾嗎？」

許嵐望著末日時鐘，深思熟慮了好一段時間，然後遞給高賀晨：「你保管吧。」

許嵐轉身繼續執拾，補充了一句：「記得你跟我的承諾，不要將我的事告訴任何人，否則我就不再跟你吃飯。」

高賀晨的眼神裡充斥著不甘，低頭「嗯」了一聲。

烘焙教室內，晞宇握實了致寶的右手，引導著她將方塊蛋糕壓碎。致寶本來有點冷的手，都被晞宇厚實的掌心包裹得溫暖起來。

「本來這麼好看，為甚麼要壓碎，不是一件一件吃嗎！？」致寶驚訝又猶豫。

彩色方塊被晞宇壓成一團，理應會變成糟糕的失敗品。

「啊……」致寶因著蛋糕的變化而雙眼發亮。

雖然外觀沒原先的好看，被壓得像幅抽象畫，但每件方塊裡都有流心，空氣忽爾瀰漫著更香濃的甜味。

「妳現在試試。」晞宇終於放開了致寶的手。

致寶將混合成彩色的蛋糕放進口裡，味道竟然互相襯托，更豐富了口感，就像法國菜的食材配合會讓味道提升了層次一樣。

「告訴妳一個秘密。」晞宇難得害羞地摸著後腦勺：「其實……我看到妳的學生們把馬卡龍壓碎，才有這個想法，或許這是另一種美。」

「我喜歡！」致寶再吃了一口後說：「就像過著凌亂不堪的日子時，就別勉強拼回原本的模樣，被壓碎的人生裡，也能發現藏起來的幸福。」

晞宇思考著她的說法：「不會太正能量嗎？」

「會啊！但又怎樣！」致寶回答：「吃甜品就是苦中作樂嘛。」

「好吧。」晞宇把致寶的話寫在筆記本上：「日後有人問起，我會講是妳的想法。」

「喔？甜品大師的作品也要歸功於我嗎？」致寶得意的笑起來：「既然我有份參與，那就快點教我怎樣做吧！」

晞宇合上筆記，裝作嚴肅：「妳先練好可頌吧！現在還完全不合格！」

致寶也板起臉，聽命的答：「是！知道！立刻去練！」

致寶整理著要使用的材料，晞宇則返回房間，在兩人轉身的瞬間，同時展露出內斂的微笑。

晞宇回到房間後，繼續認真地寫著筆記簿，湧現的靈感比窗外的日光更為猛烈。

在沒有關門的格局下，他偷望房外那位因急著試吃出爐可頌而被燙到手的女人。

許嵐的辦公室內，空蕩得連雜物都已經全放進紙箱內。

「這幾箱東西可以先放到你家裡嗎？我沒有地方安置。」許嵐問高賀晨。

除了辦公室跟酒店外，許嵐就沒有其他住處，高賀晨沒有拒絕的理由。

「那就先將東西送回我家，再去吃飯，還是不如……我下廚？難得妳第一次來我家。」

「你煮的……會不會很難吃？」

「哈！我的廚藝比做手術更厲害，不是都拿著刀切肉嘛！」

高賀晨自信地傻笑後，許嵐再說：「我先去個地方處理一點事。」

「啊？要我陪妳嘛？」

「你聽到我的肚子已經咕嚕叫著了嗎？」許嵐以責怪的語氣說：「你快點回去煮飯！那麼我辦完事過來就剛好可以吃了。」

「好吧……妳自己小心，有甚麼事立即致電給我。」高賀晨叮囑著拿起手袋準備離去的許嵐。

他一臉擔憂，原因除了不放心許嵐外，還因為他其實完全不懂下廚⋯⋯

「但我還是想與她在家裡吃頓飯。」

許嵐駕駛著電單車抵達一間位於貨櫃碼頭附近的國際汽車運送公司。

「你好，我預約了今天來交車的，姓許。」許嵐與職員交談著。

「等等。」職員查看著電腦：「許小姐，流程及收費都清楚了嗎？」

「請問可以改成空運嗎？我想盡快將車送到。」

「按妳要送去的目的地，費用會貴很多喔。」職員解答：「流程也會比較複雜，但我們公司還是可以辦到的。」

「錢沒問題。」許嵐答：「我想盡快送去，麻煩你了。」

「好的，妳稍等一下，我現在叫師傅過來替妳檢查車輛。」職員拿著文件，離開了座位。

等候期間，許嵐走出辦公室，站在電單車旁，點燃了一根香煙，神情不捨的呼出煙圈。

而另一邊的高賀晨，已經將許嵐的物品帶回家裡，正在研究著食譜，手忙腳亂的處理著剛從市場買回來的食材。對他來說，原來煮飯比做手術更複雜，平日面對血如泉湧的傷口都可以氣定神閒，但現在連煎一塊牛排都一直被滾油彈到手。

【我忙完了，現在過來你家。飯煮好？要不要買外賣……】

他收到許嵐的訊息，立即查看及回覆。

【妳快點來啊，放心超好吃！】

按下傳送鍵後，他再補充一句：【車還是不要開太快，路上小心，慢慢。】

許嵐辦完運送手續後，已跟電單車暫別，上了一輛計程車。

高賀晨放下手機，將專注力放回牛扒上。

「糟糕……煎焦了！」

大概半小時後。

兩塊燻黑如炭的牛排放在餐桌上。

「……」高賀晨與許嵐無言地面對面坐著。

「抱歉……」高賀晨先開口：「我其實不太懂煮食……還是叫外賣好了？」

板著臉的許嵐沒有回應，直接拿起刀叉，用力的將牛排切成一小口，放到嘴裡。

「難吃的話……別勉強。」高賀晨對自己失望。

「的確很難吃。」許嵐繼續切著牛排：「希望你明天會有進步。」

「啊？」高賀晨抬眼望著許嵐。

「明天開始不用問我想吃甚麼了。」許嵐再說：「你煮甚麼我就吃甚麼。」

「真的嗎！」高賀晨熱淚盈眶的笑著：「嵐嵐！我會努力的！」

「你也快點吃吧。」許嵐道出第二個好消息：「吃完我們討論一下何時出發去日本。」

說過要一起去旅行的承諾竟然能夠兌現，高賀晨將韌如橡皮的牛排塞滿嘴裡，高興的淚水終於從眼角滑下。

「嗯！我吃完了！」他費了很大的勁咀嚼。

高賀晨拿出手機，立即查看著航班，抬頭問許嵐：「我們何時出發？」

一星期後，許嵐與致寶久違的通話著。

「明天我出發去日本了，今晚陪我聊天好嗎？我們很久沒見了。」

「要我答應的話，除非妳跟我分享與高賀晨約會的事！」

「好吧，好吧。妳何時過來？」

「現在都可以！反正延浚今晚不回家。要我買外賣給妳？」

「不用了，我剛剛已吃飽。」

「哼！又是高賀晨煮給妳吧，那麼我先吃點東西再過來。」

許嵐掛線當刻，剛巧回到酒店，坐在床邊，輕摸著吃得撐滿的肚子。她剛剛在高賀晨的家裡享用完晚餐，他所煮的食物款式很多，經過七天後，味道依然難吃，但每一餐都讓兩人覺得滿足。

許嵐通常會待在高賀晨的家過夜，但在特殊情況下，例如高賀晨要負責夜更，又或像她今晚相約了致寶，高賀晨就會扁著嘴跟她說再見。每次道別他都極為不捨，總要像個小孩般撒嬌一會兒。

「真的……不想跟妳分開……妳回到酒店要立即告訴我喔！」

許嵐向來我行我素，但已習慣了高賀晨的千叮萬囑，腦海隨時都會浮現著他的聲音，於是她聽話的向他報平安。

【回到酒店了。】

【哈哈！Enjoy Your Girls' Night！】

高賀晨本以為兩人明日會一起從家裡出發去機場，感覺更為甜蜜，但許嵐突然想見閨蜜一面，他也甘願讓步。在許嵐離開他家後，他便一邊哼歌一邊執拾行李，心情特別好。

他抬頭一望，從辦公室取回來的「末日時鐘」，已成為了他床頭的擺設。他賦予了十一時五十九分的新意義是……

「許嵐在我身邊的時間會一直停留。」

叮咚。

門鈴響起，許嵐開門。

致寶一見到許嵐，便提高了聲線：「哎！怎麼妳又瘦了！是不是高賀晨待妳太差！妳立即致電給他，我要罵他！」

「妳別動氣，先進來吧。」許嵐哭笑不得。

致寶坐在床邊，許嵐從櫃裡取出一支紅酒，問道：「喔，最後一支了，一起喝完它？」

「當然！我也很久沒喝酒了。」致寶嘆了口氣。

「寂寞的人妻嗎？」許嵐說笑，接著倒了一人一杯酒，兩人笑著乾杯。

互相陪伴多年的朋友，就是有著一見面就能自然放鬆的狀態。然而，許嵐方面，當然有一部分是裝出來的，那個多年來壓抑在心底的秘密，在她與致寶之間劃了一道界線。但是，能夠成為對方的人生中親密得猶如家人的最好朋友，已經是最好的結局。

「烘焙教室順利嘛？」許嵐也想放下思緒，隨意轉了個輕鬆話題。

「完全沒問題！再籌備一下，遲些就可以聘請其他師傅來開班了。」致寶像交待公事般答：「至於那五位女學員都跟我開始熟絡，最近幾次上來，我們都分享了很多對婚姻的看法。」

「任晞宇呢？他最近都沒跟我聯絡。」許嵐再問。

「應該也生活得不錯吧？」致寶答：「現在他對我比以前友善了，也很樂意教我不同的烘焙技巧。啊！他還有為我特製筆記本，上面會寫著他所鑽研的食譜，像這樣的，妳看看！」

致寶拿出手機展示著，對情感較為敏銳的許嵐，察覺到她一提起任晞宇，臉上就會自然展露出微妙的曖昧感。

「喔！想不到他畫功這麼好。」許嵐又再為大家倒酒，續問：「那麼……延浚還好吧？上次在喪禮上見到他的狀態非常差。」

致寶遲疑了一會，再答：「其實……我也不知道。我們已經很少說話，除了睡覺及吃飯時他會在我身邊，其他時間他都會躲在書房裡，有時甚至會待在他母親的家裡過夜不回來。」

致寶提及延浚時，表情明顯變得沉重憂鬱，這次輪到她想轉換話題。

「那妳呢？看得出高賀晨很喜歡妳，他甚至會到我的社交平台，讚好所有妳出現的舊照片！真瘋狂，哈哈！」

「正常相處吧……我也不知道。」許嵐平靜地回覆。

「嘩！要令妳願意正常相處已經算很有份量了。」致寶取笑著：「妳連日本都跟他去了，我看好他！呵呵！」

許嵐沒回答。

說完心事後，致寶挽著許嵐的手臂，頭靠在她的肩膊。有些時候她們習慣靜靜的喝酒，純粹享受有人陪伴在身邊的感覺。

「啊！」致寶突然想起：「我帶了個麵包給妳嚐嚐。」

致寶站起來，卻不小心將紅酒瓶撞倒。雖然致寶已盡快拾起酒瓶，但還是有些酒倒瀉在床上。

望著白色床單緩緩滲透至酒紅色，許嵐回想起學生時期的一段往事。當時致寶初來月經，經常蜷縮在床上按著肚子喊痛，而許嵐總會在她的旁邊細心照料，拿著暖水袋替她暖肚。其中一次，致寶握著許嵐的手撒嬌：「將來如果找不到男生像妳那麼細心溫柔，沒人愛我，我就要嫁給小嵐妳，妳的手比暖水袋更暖。」

對許嵐無心說的一句話，卻說中她自小至今的情感。在往後的成長裡，許嵐自知只能將愛刻在心底，便一直默默祝福致寶，所承受的痛苦並非只有失戀、暗戀、單戀般簡單直接，而是愛上一個連愛意都無法表達的人，連想念都要藏在塵封的位置。

就如高賀晨所說：「妳都要死了，難道都不敢說出感受嗎？」但許嵐始終覺得，遺憾由她獨自承受就夠了。

兩人再聊了一會，覺得倦了也有點醉意，便關燈睡覺。在漆黑之中，許嵐允許自己輕吻了致寶的嘴唇，作為離開前的唯一一次任性。

誰料到，致寶竟睜開朦朧的雙眼，像說著夢話：「小嵐，妳醉得把我當成高賀晨了。」

致寶又再睡回去。

許嵐也閉起雙眼入睡，讓這個吻停留在晚上十一時五十九分。

翌日，致寶起來時，許嵐已經出發到機場。

高賀晨提出到酒店接許嵐，但她否決了，說直接在機場等。她比相約的時間早到，趁著人少就辦好登機手續，然後坐在一旁等高賀晨。

高賀晨從不遠處見到許嵐，便拖著行李向她奔去，誇張得

途人都望向他。

「喔？」

好奇的高賀晨一見到許嵐就問：「妳的行李呢？」

「除了護照及隨身物品，我甚麼都沒帶，有你嘛！」許嵐只拿著輕巧的手袋。

「也是！我帶這個最大尺寸的行李箱，就是讓妳盡情購物的。」

「你先去辦登機吧，我剛才等你時已辦好了。」

高賀晨走近櫃台，許嵐查看著手上的機票確保無誤。待一切處理好後，還有兩個小時左右才上機，高賀晨提議到貴賓室等候，但許嵐說不想走太遠，在附近一間餐廳等就好了。沿路，兩人都沒有牽手，許嵐更刻意保持著一些距離。

「妳很緊張嗎？」高賀晨也察覺到許嵐比平時冷淡：「難道妳害怕坐飛機？」

「少許。」許嵐迴避了他的眼神：「肚餓了，叫東西吃吧。」

高賀晨拿著餐牌：「照樣我幫妳選嗎？」

許嵐：「不，我選吧。」

又是另一輪沉寂。

「妳到日本有甚麼想買？」

「妳愛吃拉麵嗎？」

「妳喜不喜歡泡溫泉？」

高賀晨嘗試以不同的話題帶起氣氛。

明明準備外遊理應興奮又期待才對，但許嵐的態度卻始終敷衍，大家還是選擇安靜吃東西算了。

「或許到了日本她就會放鬆吧。」

高賀晨在心裡安慰著自己。許嵐也想著無論如何都笑臉迎人，但始終做不出來，繼續以虛情假意對待他的話，只是更深的傷害。

上機前三十分鐘。

許嵐望一望時間，站了起來，告訴高賀晨：「我去一去洗手間。」

高賀晨突然握著她的手，以深邃的眼神望著她：「要我陪妳？」

許嵐微笑，搖了搖頭。

望著她漸漸遠去的背影，高賀晨有種不捨的感覺。

十分鐘過後。

人們開始排隊上機，但許嵐仍未回來。高賀晨張望四周，致電許嵐但對方沒有接聽。

廣播宣佈著最後登機的提醒。地勤人員望著乘客的清單，其中一人說：「還差一位。」

高賀晨望到地勤人員尋找著未上機的乘客，打算上前告知情況，就在這刻，他的手機響了一響。

許嵐正身處機艙內。

她坐在窗旁的座位，神情像稍為放鬆。

許嵐身旁一位陌生的老女士正在整理著她的物品。

飛機即將起飛，空姐作最後檢查，提醒這位老女士要將手袋放到椅子下，老女士忙亂的將東西塞回袋裡，其中包括一本旅遊書。

《瑞士》

許嵐也成功傳送最後一個訊息，並關掉手機。

【抱歉，你不用再等我了。】

高賀晨讀著來自許嵐的訊息。

短短一句，足以喚起他心裡無盡的鬱悶，深吸口氣後，強忍著淚水奔向機場各處，試圖找尋許嵐的身影，同時不停用手機致電給她，但始終無法接通。

另一邊，致寶從酒店離開後，正在返家途中。

「喔……？他們不是應該上機了嗎？」

她收到高賀晨的來電，接聽後，高賀晨問她許嵐有否聯絡她，致寶答沒有，反問他發生甚麼事，但高賀晨並沒有即時回答，匆匆掛了線。

致寶想不明白，也嘗試致電給許嵐，當然是沒人接聽。

「回到家再算吧。」

致寶打開家中大門。

延浚坐在梳化上，枱上放著一份文件。

待致寶走近時，一臉嚴肅的延浚毫不猶豫地開口。

「我要跟妳離婚。」

【最終章】
妳是否願意

離婚這念頭常存在心底，但當某一方終於開口提起時，還是會覺得意料之外。

致寶也是這樣子，面對著延浚突如其來的一句：「我要跟妳離婚。」

她出於自然地回問一句為甚麼，接著便坐到梳化上。

「希望妳明白，這是出於理性的決定。」延浚像個無感情的機械人：「接下來要處理的，只有程序與手續。要是妳不同意，我已準備搬回我媽那處，那麼我們就開始分居。其他法律上的安排，就交由律師處理。」

「等一下。」致寶仍是一臉茫然：「我剛回來，連早餐還未吃，你要我怎麼理解你的決定？」

「沒關係，這只是第一步，我們有時間處理。」延浚將文件疊齊，工整的放在枱上便站起來：「妳慢慢思考。」

延浚執拾著一些東西，拿起手機，便走近大門。致寶回身問：「因為你外面有女人嗎？」

延浚低著頭，靜默了數秒後開口：「在法律上，我這刻沒必要回答。」

「你至少講一個理由。」致寶激動地問。

「妳不記得了嗎？」延浚緩緩地說：「我說過，該放手的就放手，做事要果斷俐落。生意如是，婚姻如是。」

他開門離去。致寶環顧著變得空蕩的家，走進房間檢查，發現延浚已清空自己的物品。

「他是在甚麼時候執拾的……」

感到無助的致寶第一時間想起許嵐，她的手機依然無法接通，只好轉為致電高賀晨。

他收到致寶的來電，一臉著緊，開口便問：「妳聯絡到許嵐了？」

「……」致寶答：「可以告訴我到底發生了甚麼事嗎？」

「或許我們要當面談一談。」

「那麼……半小時後在烘焙教室等吧，你記得地址嗎？」

「嗯，記得。」

致寶提出在烘焙教室見面，除了地方較適合聊天，還因為希望在腦袋極為凌亂、無法清晰思考的時候，能有多一個人參與，讓任晞宇的腦袋幫忙思考。

致寶回到烘焙教室時，晞宇只坐在一角看書，她暫時沒提

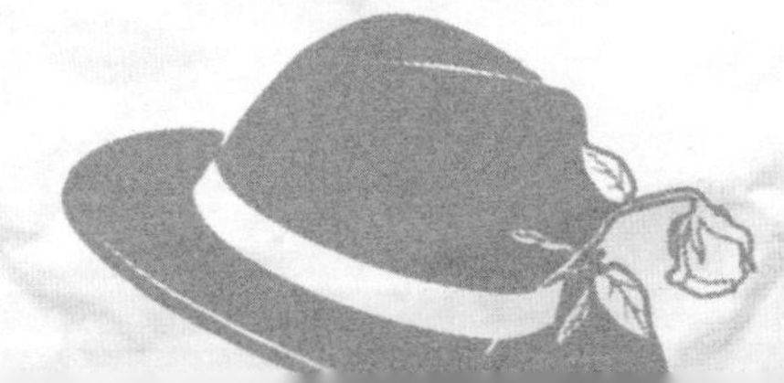

起離婚的事，只簡略地講述許嵐與高賀晨之間的情況。

「雖然很無情，但這符合許嵐的性格。」晞宇皺著眉，也為高賀晨而傷感。

高賀晨來到時，晞宇拍一拍他以示安慰。三人坐在一起，高賀晨向他們解釋：「我接下來要說的話，請你們做好心理準備。」

高賀晨抵達烘焙教室前，已經到過許嵐平日有機會出現的地點，耗盡每一分力奔往各處尋找，所以顯得疲憊，尤其是他一臉憂愁，神情凝重，令致寶感受到事情有多嚴重。

「許嵐……她其實一直病得嚴重。」

雖然他承諾過要保守秘密，但許嵐口中的秘密並非她的病情。她終會離開人世，所以反而早已吩咐高賀晨在適當的時候告知其他人。倒是高賀晨沒想過會在此情此景交待一切。

「胰臟癌。」高賀晨不忍地說出，比起平時跟家屬宣告患者死亡更為痛苦：「發現的時候已是末期，只餘大概一年壽命。不過，許嵐不接受任何治療……時間或許更短。」

以上的話出自於一位醫生口中，省略了他們在醫學上的質疑，像注定要接受命運般無法說出話來。尤其是致寶，短時間內聽到兩個難以理解的消息，縱使她的思緒千絲萬縷，但也無法化作一言一語。

高賀晨與晞宇互望了一眼，欲言又止。

寧靜終被致寶的哭聲劃破。

「許嵐……怎麼不讓我們陪妳呢……」

就這樣，沉浸在哀愁的環境下，半小時後，高賀晨說想回家等待，以防她突然到訪。

「保重。」晞宇跟他說。

「你們也是。」

對晞宇來說，身邊親密的人不多，許嵐是其中一個重要的朋友。關門後，難掩傷感的他雖未至於落淚，但也需要半點安慰，他坐在致寶身旁，將她擁到懷內。

「難怪她會成立這間烘焙教室為我們圓夢……」想到這點，致寶哭得更厲害。晞宇輕撫她的背，讓她盡情放聲大哭。這一刻，晞宇成為了她最能倚靠的人。

儘管壞消息難以消化，但時間的流動總會讓人在日月交替下捱過來。

與許嵐失去聯絡的一星期，致寶不時翻閱著兩人的回憶：兒時至今的合照、傳過的訊息、去過的地方。走在街上，不時也會有要遇到許嵐的錯覺。在她而言，失去人生的摯友，比失戀更難受。離婚一事，她也沒心思處理，就當成大家先分居好

了，後續的事遲些再處理。

致寶會在烘焙教室與晞宇聊起許嵐的往事，互相分擔傷痛，但她睡不好吃不好，明顯消瘦憔悴了很多，晞宇覺得要是再這樣下去，她的情緒與身體都會出現問題，於是堅定地勸戒致寶：「我們別一副她已經離世的模樣吧，相信她正正是不想妳這麼傷心，才選擇獨自承受及離開，不如我們堅強起來，回復正常的生活等待她？這裡也是她的夢想，她讓妳踏出了第一步，也就如她所願，繼續好好的經營這裡吧。」

至少有著回復正常生活的理由，致寶雖然找不到情感的出口，但也向著正確的方向前行。

一頓一頓飯、一道一道甜品、一天一天的陪伴，晞宇每日都會有規律的做運動、到菜市場買材料、為兩人煮飯、教授致寶各款甜品的烘焙技巧。正當日子彷似如常，某天，晞宇打算前往跑步之時，烘焙教室外竟出現了記者。

「你好，請問你是任晞宇先生嗎？」

晞宇愣住，馬上回頭及關門。致寶見狀，立即問：「甚麼事？」

晞宇沒有回答，默默回到房內，按進了一個來自法國的短訊，傳送者是晞宇的餐廳合夥人及師傅。

【影片裡的人是你嗎？】

短訊是兩日前發送過來的，晞宇以一貫態度已讀不回。

晞宇再次觀看影片，發現觀看人數及留言極速增加，其他人會認為晞宇抓住了流量密碼，但這樣備受矚目的情況，卻是晞宇最不想遇到的。

為方便交待事情始未，他向致寶展示著影片，致寶初時以取笑的態度觀看著。

影片的標題是——【阿姨們集體戀愛了】市場驚現撕漫男！高顏值攤前掃貨引嬸嬸暴動……鏡頭拉近全場尖叫！

「嘩……點擊率已破百萬了……」致寶回應：「還有你的近鏡……」

幸或不幸，經過網民的人肉搜尋，網絡上開始有其他延伸內容，大致上都是——「風靡萬千嬸嬸的街市美男，身分竟是……」

又是另一段破百萬觀看的影片，晞宇已被認出，還被公開所有資料，令這位本來在烘焙界及商界備受認可的男人，在坊間都人氣急升。

「應該是有人向記者報料吧。」晞宇板著臉說：「門外剛剛就有一位記者。」

叮咚！

門鈴響起，致寶望著防盜眼，回頭說：「怎麼辦？」

「別開門，他要等就讓他等。」

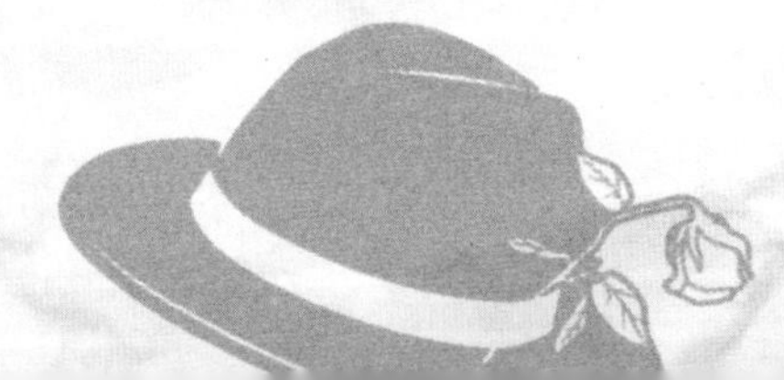

叮咚、叮咚！

「任先生，你在裡面嗎？我沒惡意的，純粹想跟你做個訪問。」

一直在門外守候，過了兩小時左右，煩擾程度恍如追債的記者終於離去。但這麼具話題性的報道，又怎麼能錯過呢？他鐵定會再過來。

「下次一定要拍到些甚麼。」

有時候，致寶會待在烘焙教室至深夜才回家或直接過夜。另一間房幾乎已佈置成致寶的寢室。

晞宇曾問過她：「不用回去陪老公嗎？」

致寶沒說出他們正處於分居狀態，只答：「我都三十多歲了，我該何時回家，管不了我吧？」

兩人也沒有因著男女同居的距離而越軌，反而多了些在晚上聊天或加緊訓練的機會。

致寶今晚不回去的理由是覺得手腳乏力，頭暈目眩，駕車有點危險，索性不回去那個只有她一人的孤室。到了現在，半個月已過去，還是弄不清離婚的始末，延浚一句話都沒跟她交待過。

她合上眼睛，分不清是睡著還是昏倒了。

翌日，晞宇聽到門外傳出「嘭」一聲。

「該不會是記者闖了進來吧！？」

晞宇立即穿上衣服，打開房門，卻見到失去知覺倒在地上的致寶。數分鐘前，致寶從朦朧中醒來，但走了幾步，頭暈得厲害，接著便雙眼一黑。

晞宇喚了她幾聲，沒反應後便立即致電救護車。過了一會，救護員來電說快要抵達了，但前方有車禍，只能單程行車的道路受阻，詢問著傷者的狀況。晞宇逐一回覆後說：「我抱她過來吧？這樣應該可以爭取時間。」

掛線後，晞宇抱起致寶，但一打開門，卻有幾位記者在場。記者們立即舉起相機，但晞宇顧不了太多，也沒時間責罵他們，任由他們跟著自己奔往救護車。直到晞宇隨行上車，才能甩掉那班只為流量的記者。

圍在一起的記者們，已經討論著該怎麼寫影片標題了。

「烘焙男神狂奔救護車，懷裡抱的竟然不是馬卡龍……百萬網友哭求女主角身分！」

醫院裡。

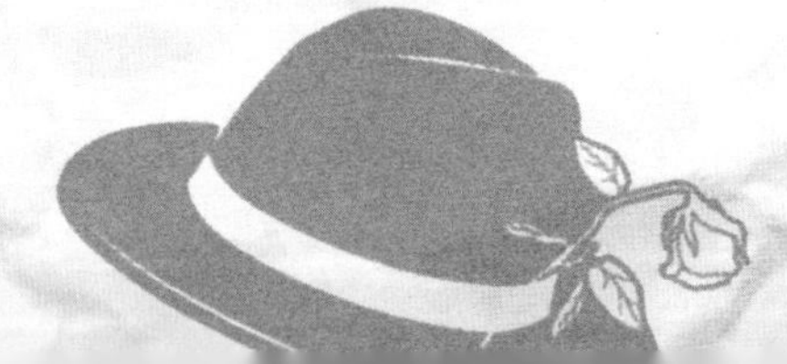

醫生向晞宇解釋病人只是疲勞過度及重感冒，沒性命危險，但建議留院觀察。

晞宇安心起來。此刻致寶已回復清醒半躺在病床上。由於現時並非探病時間，晞宇只逗留了一會，告訴致寶剛才的過程，吩咐她好好休息便離去。

晞宇回到烘焙教室後，打算梳洗之際，致寶房內的手機竟響起。他有一刻想過會不會是許嵐，卻發現來電者是延浚。

晞宇還是接聽了，也該告訴他致寶入院的事。

「喂？」

「喔，是你。」

對於妻子的手機被另一個男人接聽，延浚已經不太在乎。

「致寶入院了，你去照顧她吧。最近發生了這麼多事，身為丈夫，也不關心一下自己的妻子嗎？」

「喔……你說得對，我也是看到你抱著致寶上救護車的影片，才知道她入院了。」

「我沒聽錯吧？你的語氣好像不太著緊？」

「我可以跟你見一面嗎？」

「……見面？我為甚麼要見你？」

「她沒跟妳說過嗎？我會跟她離婚，所以……有些事情想當面告訴你，不會妨礙你太久，十分鐘就可以，希望你能夠答應。」

「那就十分鐘，多一秒我都立即走。」

跟晞宇約好時間及地點，延浚便掛了線。

「先生，現在並非探病時間。」一位護士提醒著延浚，示意他要離開。

此刻，延浚身處醫院中，站在不遠處望著在病床上休息的致寶。

「嗯，沒事就好。」

他沒上前打擾，默默轉身離開醫院。

下午兩時正。

延浚不遲亦不早的踏進約定的咖啡廳，他低頭查看手錶。

「準確、無誤！」

打扮低調，佩戴著太陽眼鏡的晞宇亦已到達，雖然明明見到他，卻不作任何示意，等延浚望到自己並坐下。

「先別說話，等等。」延浚舉起右手，然後在手機上打開計時器，設定為十分鐘，接著再說：「開始。」

「……」晞宇感到無奈：「那你要說甚麼。」

「你做甜品不是也要控制時間，精準無誤嗎？」延浚續道：「我不會妨礙你的，現在立即入正題。」

延浚從公事包取出一份過百頁厚的文件。

「給你參考的。」

「參考甚麼？」

延浚示意晞宇拿起來查看。

文件上全是關於致寶的生活細節，幾乎由出生至現在的經歷與感受都被巨細無遺地列出來。

「你甚麼意思！？」晞宇放下文件，心裡當然猜到他的想法，但事實上自己與致寶的關係未至於那麼親暱，現在像被說成介入別人婚姻的第三者，晞宇感到不滿。

「你先別激動，這是一場理性對話，我也是純粹客觀分析。」延浚解釋：「就如小公司被財力雄厚的大公司收購一樣，交出有用的資料都很合理，既然我與致寶都即將離婚，你也不用顧慮太多，我並不會感情用事的，放心。」

實在弄不清情況，連向來冷靜的晞宇也被延浚弄得不懂回應，也不願在這個話題上糾纏。

「你誤會太深了，我不想再說下去。」晞宇站了起來。

「等等！」延浚收起了那張面對客人般的笑臉，板著臉指著手機的計時器說：「我們還有五分鐘，希望你顧及承諾。」

晞宇坐了下來，並不是屈服於他的道理，只是為免場面變得更難看，引起其他人注視。

「謝謝。」延浚換了一個較為人性化的態度：「你也是男人，有些話跟你說或許更易懂，你就當純粹聽聽我的心聲吧。你知道嗎？我費盡了一生的努力去換取我確信的幸福，讓身邊的人生活得愈來愈好，想買甚麼、想吃甚麼、想去哪裡旅行都可以，衣食住行全都滿足了。我以為是為了她們而追求成功，但原來她們只是成功的一部分。當我的母親離世、婚姻出現問題、公司倒閉，一切都瓦解之後，原來我才是最自我中心的一個，我只追求著自己憧憬的幸福，而不是她們需要的幸福，我的自以為是直情害死了我的母親，我不想讓致寶成為下一個受害者了。婚姻就像只能吃一次的甜品，日後怎麼努力維繫，都無法再嚐到當初的幸福。在適當的時候放手，緣盡了就離開，這就是我的想法。」

晞宇聽後，心情複雜，突然有個男人在自己面前剖白，他是要鼓起多大的勇氣？但晞宇不懂當一個安慰者或婚姻調停，唯有當一個聆聽者。

「夠鐘了。」延浚站起來，微笑望著晞宇：「謝謝你聽我說話。」

「喂……」

晞宇怎樣叫也叫不住，延浚像趕著有事要做般，倉惶失措

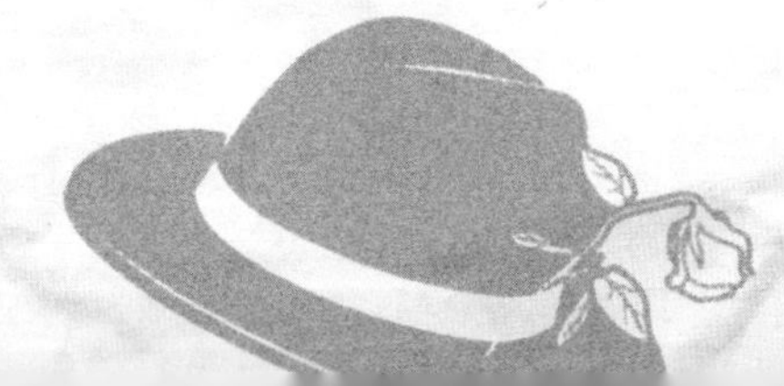

地離開，走到一半還撞到枱角，回身跟人鞠躬道歉才踏出咖啡廳。

「……」

晞宇呆著凝視枱上那份文件。

此刻，烘培教室門外，有個老人按著門鈴，在沒人應門後，緩緩地離開。

致寶在醫院休養了一天，晞宇來接她出院。明明這件差事理應由丈夫負責，但以致寶與延淩現在的分居狀況來看，也沒甚麼奇怪了。

晞宇駕著致寶的車，詢問著她家的地址。

「呃……我想回去烘焙教室。」致寶提出。

「妳今晚回家吧，始終在家裡休息環境比較好，我也不想再將妳抱去救護車。」

「好吧……」

車子抵達停車場後，晞宇和致寶都開門下車。

「那麼……謝謝你，我又欠你人情了。」

「妳等等。」

晞宇將一份文件交到她手上，補充一句：「這是屬於妳丈夫的。」

「延浚？怎麼他的東西會在你手？你們見過面嗎？他沒打擾你吧……？」

「說來話長，總之他將這份文件交了給我，我沒看過當中的內容，也不想知道是甚麼。」

致寶接下文件，心裡有個問題猶豫該不該開口……

「他說……你們要離婚。」晞宇已說出答案。

「嗯……」致寶不太想回應。

「我走了，有甚麼事再致電給我吧。」

晞宇朝著停車場的出口走去。

回到家裡，致寶望著手上的文件，突然想起延浚還住在這個家時的畫面。

「他天天躲在書房裡就是整理這份東西？」

她脫鞋後，沒亮起客廳的燈光，直接走進書房，房內只剩書桌及椅子。她靜靜的細閱著文件上的內容。

首先是標題：《婚姻修補計劃書 Ver.2.35》。

「文件的最初修訂日期是……啊！」

在延浚母親離世前一星期。

首頁是如論文般詳細的段落，內容有關延浚為甚麼要撰寫此計劃書。

她在心裡跟著讀起來……

「在最近的相處，我發覺與妻子的距離漸遠，如此下去，離婚只是時間問題，我想試圖挽回當初的情感……」

延浚與致寶在中學便認識，當時的延浚並不像現在般勢利，生活以金錢掛帥，反而是一個不折不扣的戀愛腦。他對致寶一見鍾情，在中學時期以參考著不同的青春愛情小說及電影橋段，天天買早餐、在籃球場大聲告白、在她被欺負時伸出援手等等……而且專一得向自己發誓，一生只會愛殷致寶這位女生，但當時大家都在求學階段，而且致寶受困於家庭狀況，根本沒心思談情說愛，幾乎每天都要拒絕延浚的表白，直到中學畢業。

上了大學，延浚對致寶的愛並不局限於青春的回憶裡，而是無條件的向未來無限延伸，在大學第二年，由中一開始苦追了致寶九年的延浚，終於成為了她的男朋友。從此，他人生的目標，就是將最好的生活帶給最愛的女人。

踏入社會工作初期，延浚的薪水只夠兩人租住一間小套房，但一天一天的拼搏，事業一帆風順，兩人終於捱過最窮的日子，以一場盛大的婚禮為童話般的愛情寫上新一章。後來，延浚更成立自己的公司，成為老闆，愈賺愈多錢，直到今天，他都兑現著中學時期所許下的承諾，專一長情得沒一點改變。

「明明生活富裕了，大家卻愈走愈遠，我發現妻子對我的愛只剩下責任。回憶的確珍貴，但不是挽留一段感情的原因，所以如果我無法順利令大家重新愛上，我願意為這份愛畫上一個句號。離婚不是終結，而是讓她再有機會過著幸福的日子，這是我作為丈夫的最後責任。」

及後幾頁是一些關於對致寶這些年來的觀察及記錄：「吃蝦會全身起紅疹」、「每月十三號便要在她的袋裡放止痛藥，否則她會忘了帶」、「拍照時她會説右邊面比較漂亮」、「不要相信她説的沒所謂」、「美式咖啡只喝冰的」、「她會無故擦損，要在銀包裡準備藥水膠布」、「冷氣直吹會偏頭痛」、「化妝品會亂擺，但不要替她執拾，否則她反而會找不到」……大概有數百條，而最後一則是：「她會弄丟婚戒，默默的買回來就好，別責罵她。」

再後一些是附帶著圖片的活動記錄，延浚去過兩人初相識的地方、曾經的居所、不同的約會好去處及餐廳介紹，還有，他嘗試過去自助烘焙弄過一些蛋糕、麵包、還有馬卡龍，但全部都難吃得想吐。

文件的最後並沒有結尾。

延浚當時正面對著不同的難關，就把這份計劃書暫時擱置。

致寶讀完這份文件後，雖未至於感動到流淚，但回憶著這些年的感情，心傳來像坎了一角的陣痛。

至寶打開書櫃的抽屜，看看會否有其他物品存在，頭兩格已被清空，但在最後一格，放著一隻婚戒及一部手機。

延浚那部藏有秘密的手機。

她想也不想便直接按下開關鍵。

整部電話就如原廠設定一樣，只安裝了聊天通訊程式，程式當中只有一個長達幾年的對話，有文字、有錄音、有圖片、有影片，也有直接通話。與這部手機交流的聯絡人，竟就是延浚的號碼。

「……怎麼一回事？」

致寶花了一段時間，才能讀懂當中的內容。

「他在跟自己訴苦……再用另一部手機回覆自己嗎……談生意談到要喝尿，吐了一整晚……！？為甚麼他全部都不跟我講……」

與致寶報喜不報憂的延浚，不想在愛人面前承認自己的失敗，只願意將藏在心裡的憂傷告訴另一個自己。

致寶禁不住用這部手機立即致電延浚。

「喂？哈哈，妳看到了嗎？」

「……你在哪裡？回來聊一聊好嘛？」

「別誤會，我只想將事情跟妳清楚交待。這是最有效率的做法。致寶，正如我所說，我的存在只會阻礙妳的幸福。只有責任而沒有愛始終難以繼續走下去。彼此的人生還有很長，我做這個決定並非一時意氣，因為我們都曾經努力愛過，我是在充滿感激與無憾的心情下決定離婚。謝謝妳這麼多年來愛我這個又麻煩又不懂體諒的丈夫。」

到了分別的一刻，延浚才能透過電話剖白心底話。聽後，致寶流下一滴淚，卻無法為二人的關係反駁。

致寶把文件整齊的放在枱上，將手機關掉放回抽屜裡，望了那隻婚戒一眼，便關上抽屜，接著關上書房的燈，走出了延浚的書房，回身輕力的關門。

另一邊，延浚的落寞背影處於漆黑之中，手機是在這室內唯一的一點光，結束通話後就只有一片靜默。

他住在一間不足一百尺的小套房，家徒四壁得只能放下床褥、一張小書桌及座椅，衣物則掛在一條杆子上。

烘焙教室內，晞宇正與一位西裝筆挺的老人交談，神情凝重。

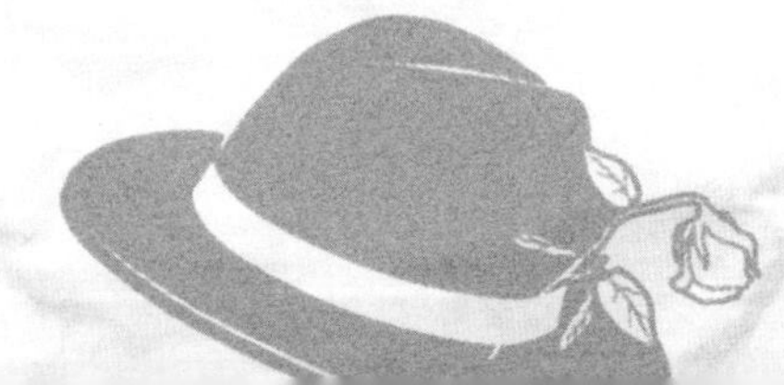

「你要我負責開拓亞洲區的業務？」

晞宇問坐在他對面的一位老人。這場對談由半小時前已經開始，當門鈴響起，晞宇望出防盜眼時，發現遠在法國的師傅竟然親自找上門來，令晞宇無法再逃避，不得不開門，後來更得知師傅此前已來過一次，見沒人應門便離開。

老人進來後，環顧著四周，嘆了口氣：「你就是為了待在這個地方而懶理法國的餐廳嗎？」

晞宇恭敬得馬上遞上了一杯水：「這裡沒有你愛喝的茶。」

「有啤酒嗎？」老人出奇地反問：「不用那麼拘謹吧，我是想跟你好好聊一下。」

晞宇心想：*「也是的……否則以他的性格，一進來便破口大罵。」*

兩師徒喝著啤酒，聊著聊著，老人便入正題：「對的，亞洲區的業務。之前時機不合適，但在你突然失蹤的時候，我們與一些亞洲公司有了初步的合作計劃，更得到馬來西亞、泰國、新加坡的政府支持，這次我過來也是要與他們見面，順道過來找你。如果你全力配合的話，之前引起的行政混亂，我與股東們都會承諾不再追究。以上是以公司合夥人的身分代其他股東轉達的訊息。接下來，我便以師傅的身分說話……臭小子！至少也回覆個訊息嘛！」

老人用力的敲了晞宇的頭頂一下，氣氛稍為緩和。

「抱歉……」晞宇低頭。

「師傅也知道你辛苦……不怪你。」老人喝了一口酒:「趁著你現在有些人氣……我們可以向外宣佈，你是回來拓展亞洲的業務，真的是錯有錯著，天時地利人和。」

「人氣？」晞宇不明白。

「那些影片嘛，以為我老人家不懂用手機？」老人大笑著，晞宇無言。

晞宇:「你等等我。」

老人到來之前，晞宇正在製作已經研究完成的旋轉方塊蛋糕，他端過來向老人介紹並給他品嚐。

老人在了解完整個作品的構思及嚐過味道後，只說了一句:「一如以往的完美。」

有著這款新甜品，擴展業務的事一定更加順利。在情在理，在名在利，晞宇都沒有拒絕的理由，但他向老人提出一個要求。

老人聽後，呆了一呆:「還以為是甚麼大事！一切順利的話，當然沒問題。」

這個要求暫時只有他們知道。

公事上達成共識，老人一臉認真的望著晞宇，他也彷彿預知到老人的想法。

「現在就帶我去吃點好的吧！」

「要去新加坡半年……」

幾天後，剛睡醒的晞宇想著怎麼跟致寶開口。以往的他説走就走，現在竟然有人會讓他顧及感受，是他性格改變了，還是對方重要？

不過，事實證明晞宇擔心太多，當致寶回到烘培教室，收到他要去新加坡的消息時，高興得笑了起來。

「很好啊！你的事業終於重回正軌，恭喜你！」

「但是……這裡就會只剩妳一個了。」

兩人之間，有著不捨得卻又明知沒辦法的矛盾感，説話後總迴避著對方的眼神。

「嗯……但人生能夠繼續向前邁進，不是很好嗎？」致寶將視線由某個角落拉回到晞宇身上：「好好經營這裡，本來就是我的責任，放心。你已經幫了我很多，接下來我也要走我自己的路，我會想辦法的。」

「我也要謝謝妳。」晞宇跟致寶對上了眼。

「謝謝我甚麼？」

好像是第一次聽到晞宇這麼恭敬的語氣，致寶反而受寵若驚，害羞的笑著。

晞宇：「讓我重新活過來。」

致寶：「呃……我也沒做過甚麼……不過你這麼說，我相信就是了。」

要讓一個人重新鼓起面對生命的勇氣，或只需要一刻觸碰過靈魂深處的陪伴。晞宇沒說出口，但致寶的存在，的確把他從深淵中拉了起來。

「那麼……你何時出發？」

「明天，跟我師傅出席會議。」

「這麼快……」

致寶最近的人生，重要的人都輪流離開。

她再說：「今晚就好好慶祝吧？」

致寶察覺到這番模糊不清的話或會讓人誤會，於是再解釋：「把冰箱裡的啤酒喝完！我一個人喝不到這麼多罐，拜託你走前替我清空冰箱。」

「好。」

「晚飯我請客，當作跟你餞行，你想吃甚麼？」

「其實我一直有個想法……妳說，如果我們在露台吃火鍋

……會不會太過分？」

轉眼間，兩人在露台喝著啤酒，吃著火鍋聊至清早。

晞宇將行李執拾好，比起來的時候只多了一些衣物。兩人說好不要弄些甚麼機場送別的情節，致寶只會陪著晞宇到樓下。晞宇離開烘焙教室前，也對著這個小房間說了句「謝謝」。

預約好的計程車駛近，晞宇提著輕巧的行李袋，彷似跟第一天從巴黎回來的時候沒分別。

「你會再回來嗎？」致寶問道。

「請別把我的床褥丟掉。」

光影打在晞宇的臉上，依然好看得如雕塑一樣耀眼。

兩人在笑聲之中道別，致寶望著計程車駛走，再揮了幾下手，便返回烘焙教室。

門外，站著一個穿著制服的男人。

「郵差先生？」

「喔！幸好妳剛剛回來，妳有一封掛號郵件。」

疑惑的致寶從郵差先生手上取過一張明信片。

來自瑞士的明信片。

寄出者是許嵐。

致寶以最快的速度開門，坐到梳化上，閱讀著這份盼望已久的消息。

明信片上的每一字一句，都彷似由許嵐親口讀出。

「妳應該已從高賀晨口中得知我的情況吧？那麼我便不詳細交待，用簡單一句話直接說完——我有病，即將要死。一直瞞著妳是因為不想見到妳太難過，別責怪自己察覺不到我的病情，是我掩飾得太好吧？哈哈。或許妳會想陪伴我走過最後一段路，但容許我自私的選擇一個人離開。我一直覺得，所有的關係都會告終；所有的愛最終都是自愛。所以，別為責任而活、別為他人的期望而活，也別為過去的快樂而停留。請自私的追隨自己的喜惡與目標，過程中造成痛苦與傷害都是無可避免。請原諒我的自私，也很抱歉無法跟妳一起完成夢想，無悔在人生中遇到妳，我一輩子的摯愛。」

致寶一邊讀，一邊拭去淚水，盡力不讓傾瀉下來的眼淚滴在明信片上。

「我不會原諒妳的……請妳當面跟我道歉……」

同時收到明信片的人，還有高賀晨。他在家裡讀著許嵐最後的話。

「對不起。無論我說多少句對不起，應該也無法表達我對

你的歉意。人生出現不幸的人是我，我卻將不幸蔓延到你身上，要你承受本來可以避免的痛苦。在與你相處的日子裡，我確實感到了溫暖與被愛，能夠在最後的時光有你在身邊，我不會說成是上天的最後眷顧，因為是你用盡了溫柔的愛意，消耗了力氣與精神來讓我感受到甜蜜。請你相信我，我的確想過跟你去日本，在機場時，我的內心仍然掙扎著最終目的地。你問過我為何我不介意傷害你，卻不願意令致寶傷心，當時我答因為對你沒有愛，如果我的想法沒變，我們應該會在日本遊玩得快樂。儘管你永遠無法取代她，但「高賀晨」也成為了我心裡第二重要的名字。還有一件事想拜託你，放置在你家中的紙箱，請替我轉交給致寶。無盡感激。」

高賀晨不像致寶那麼堅強，有好幾滴眼淚掉在明信片上，他著緊得立即印乾，幸好這些無法重寫的文字，沒有因被淚水沾濕而化開。

他拿出了手機，打開了與許嵐的訊息，裡頭有著他單方面一直傳送的情話。

他拍下了明信片，傳給許嵐。

【嵐嵐！我收到妳的明信片了！也立即讀完！妳沒有讓不幸蔓延到我身上，由第一天開始我早已知道，每分每秒都是奢侈。我們從來都只有當下，但留住了短暫卻最美好的時間。愛上妳，我無悔。】

訊息依舊傳不到許嵐那邊。

致寶的手機響起，來電者是高賀晨。

「你也收到了？」

「嗯。」

一輪沉默，高賀晨再開口。

「許嵐有箱物品在我家，她叫我轉交給妳，我現在送過來？」

「好，辛苦你了。」

致寶與高賀晨見面時，禁不住相擁。

致寶查看著紙箱，裡面有些具紀念價值的雜物、有本貼滿二人合照的相簿、還有致寶坐許嵐車時所佩戴的頭盔。

當這兩張明信片還在寄送途中，許嵐騎著她的紅色杜卡迪，在瑞士的公路上自由地疾駛，前往安靜的樂土。

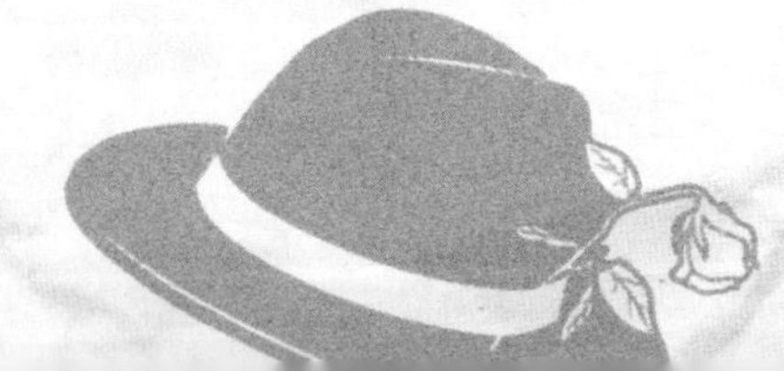

身處於新加坡的晞宇沒收到明信片。

當致寶告訴晞宇明信片的事時，正在會議中途的他反應冷靜，回答了一句：「或許她擔心我已搬走吧。」

然而，他其實在不久前收到一封電郵，短短寫著一句：「請繼續幫我照顧她。」

晞宇沒說出來，只是默默地兌現著對許嵐的承諾。當他穿梭在不同國家開會、視察餐廳位置、設計菜式、接受訪問、出席公關活動的時候，他為致寶引薦了一位女甜品師，協助致寶籌備烘焙教室的營運。

致寶除了定期教授那五位女學員，教室也在一個月後正式試業，方式是由女甜品師負責教授，致寶策劃及輔助，吸收經驗。致寶想邁向的目標，當然是能夠親力親為，但目前這階段也是默默地學習，就像一個夢想成為導演的片場助理。

醫院裡，高賀晨從院長的房間出來，收起了那副像溫馴大犬的燦爛笑容，面對任何人都是一副認真又嚴肅的表情，投入工作的時間和心機比以往更多。旁人以為他為了升職而努力，但他只是寄情於工作。

最近，他開始駕駛摩托車。醫院的停車場多了一部紅色摩托車。起初他還是懼怕速度，學車時就如他首次坐上許嵐的車般膽怯，但他想像著能夠與許嵐共同在公路上奔馳的模樣，終於讓他習慣了駕駛的感覺，成功考取車牌。

他會駛到曾與許嵐去過的碼頭，望著同一個景色，從口袋中取出香煙，有些習慣的改變，是因為某人的出現或離去，從他口中所呼出的，是一圈圈無盡的想念。

每朝八時正，延浚的手機如常準時響起，他如常的脫下眼罩。

垃圾桶裡是他昨晚吃完的杯麵，電腦屏幕顯示著求職網站，整齊排列在書桌上的一堆文件中，還有已辦妥離婚手續的通知信。

毀壞古董一事，經過致寶所介紹的女律師及女議員幫忙調停，本來賠不起的天價，最終延浚以賣掉母親的大屋以及剩餘的資產，成功與對方達成賠償共識。

延浚現在所住的套房沒有窗子，但他同樣會準時的在某一角落，望著前方的白牆，如常地做早操。

有些時候，想起了過去，眼角會泛淚，隨著汗水而流下。

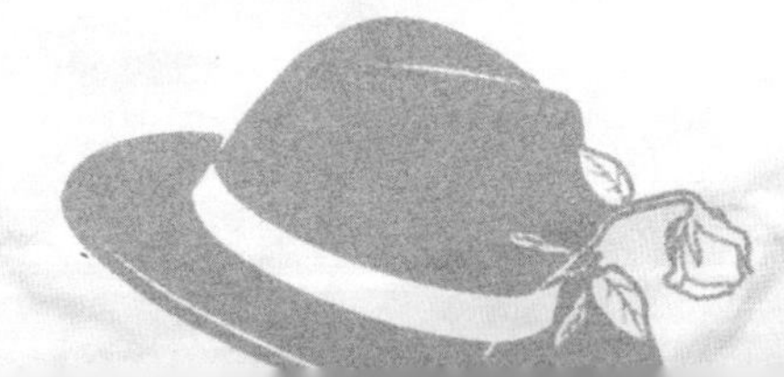

做完早操後，他享用著固定不變的早餐，一個從樓下麵包店買回來的奶油捲麵包。

半年的時間，烘焙班已教授超過十款法式甜品。

某一夜，致寶獨自執拾著的時候，門鈴響起。

「你怎麼回來了？」

致寶打開門，穿著西裝的晞宇站在門口。

「我剛在日本忙完一點事，正好有空，所以過一過來。」

晞宇走進烘焙教室，像以往一樣環顧著四周：「感覺好像沒有變，我的床褥還在嗎？」

致寶笑了笑，答：「先坐下吧，別跟我說你剛下飛機。」

「嗯。」晞宇依舊敷衍地回答，但看上去明顯比以前更滿有自信、神采奕奕、精神飽滿。

「說也不說一聲，突然造訪，萬一我不在呢？」致寶端上了一杯水給晞宇。

「那麼……我還記得密碼。」晞宇指一指大門。

「數小時的機程……說過來就過來，真是任性。」

突然的重聚，讓致寶有點尷尬，但她愈來愈慣於面對陌生場合及處理突發事情，深吸口氣，再閒聊幾句，就能自然地與晞宇相處。不過，隨著晞宇的一句話，氣氛頓時嚴肅起來。

晞宇：「今天我過來，是有話要跟妳說。」

致寶：「甚麼嘛……別嚇我。」

晞宇：「妳想去法國嗎？」

半年前，當法國的師傅來說服晞宇拓展亞洲區業務時，晞宇的其中一個條件是：*讓一位朋友到法國的餐廳學習*。對師傅來說，這只是一個微不足道的要求，更何況晞宇本身就是餐廳老闆。

現在業務順利完成，也輪到致寶的事。

致寶聽後，腦袋放空，瞬間愣住不懂得怎麼反應。是夢寐以求卻又遙遠的憧憬，如今竟然能夠有機會實現？是驚喜多於驚嚇。

晞宇再說：「我會叫公司準備好簽證安排，就看妳是否願意了，有時間的話妳更可以去廚藝學院修讀課程。不過……」

「不過……？」致寶只能重複的反問。

「如果妳表現得不好，隨時都會被我趕走。」

致寶想了想：「我有多少時間考慮？始終這裡對我來說也很重要……」

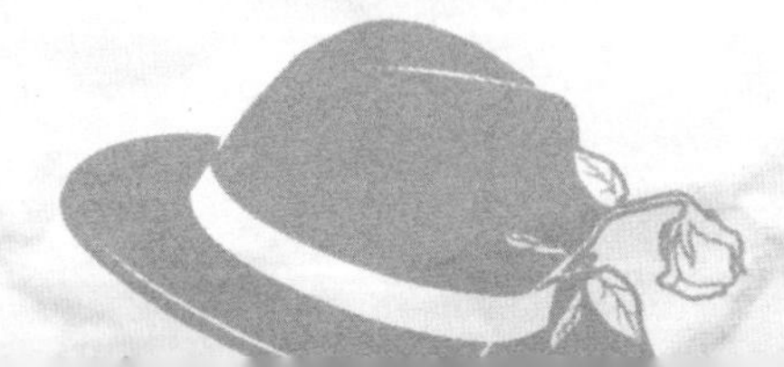

「隨妳，想好跟我說聲就可以，反正對我沒甚麼影響。」晞宇並不是囂張，純粹道出情況。

晞宇走出了露台，回味一下曾在這裡看過的風景。

雖然現在的他比以前更成功，但他從來不是一個忘情不念舊的人，在這裡所經歷過的事與認識的人，還是佔據著他的情感。所以，他在心裡很希望致寶會把握這個機會。

其實也不用考慮太多，致寶很快便有了決定。要延續烘焙的夢想，就不能停留於現狀，她需要更拼命的改變及成長。

她也走出了露台，肩並肩的站在晞宇旁邊。

「謝謝你給我機會，往後去到法國……請多多指教！」

晞宇笑了笑，兩人同步望向前方的明月。

「我要走了。」晞宇返回室內。

「啊？這麼快？還以為你會跟我吃完飯才走。」致寶詫異。

「我明早要回日本繼續開會，現在想爭取時間去探一探爸爸。」

「那麼，我送你過去？我也想跟任爸爸打聲招呼。」

晞宇點點頭，離去前始終忍不住打開房間的門，漸露笑容。

「真是的……床褥竟真的還在。」

還有那堆他沒帶走的筆記本。

由於晞宇還要留在日本一段時間，當致寶抵達戴高樂機場時，就只有她一個人。

晞宇已安排了車子接送她。

在前往餐廳的途中，女學員的群組傳來視訊對話，向致寶展示著烘焙教室的狀況。她們決定暫時代為經營。對她們來說，營運一間烘焙教室算不上甚麼錢，所以在致寶回來之前，五人會合力將烘焙教室維持現狀。

致寶再次回到浪漫之都，不再是那個受困於婚姻裡的妻子，但也失去了身邊最重要的人。

鐵塔在清晨時分仍被白霧籠罩，又隨著暮色降臨而繼續閃爍。

人來人往間，致寶抵達了餐廳，抬眼望著琥珀色的街燈，夜空瀰漫戀愛與夢想的氣息。

「還有麵包的香味。」

深吸口氣，致寶推開餐廳大門，正式在巴黎展開新一段人生。

「*Bonjour*。」

深夜綠文の偷情的禮儀

Midnight Betrayal

作　　者：莎比亞

責任編輯：Chorsei

裝幀設計：Sands Design Workshop

封面插畫：Chamo (IG@Chamomooo)

Facebook：https://www.facebook.com/Shakepearelove

Instagram：sapeiar

電子郵箱：sapeiarbook@gmail.com

出　　版：洄水文化

版　　次：二〇二五年七月初版

I S B N：978-988-7069-88-1

承　　印：新世紀印刷實業有限公司